U0747180

有一种力量，叫文学；

有一种美好，叫回忆；

有一种感动，叫青春；

有一种生命，在鲁院！

鲁迅文学院·百草园文集

穿过人群凝视你

王娟◎著

CHUANGUO RENQUN NINGSHI NI

散文朴素又优雅、灵气又有力，
用真情实感打动人，
用跌宕起伏吸引人，
用善良恬淡温暖人。

知识出版社

图书在版编目（CIP）数据

穿过人群凝视你/王娟著. --北京：知识出版社，2017. 1
（鲁迅文学院百草园文集）
ISBN 978-7-5015-8590-8

Ⅰ. ①穿… Ⅱ. ①王… Ⅲ. ①散文集-中国-当代 Ⅳ. ①I267

中国版本图书馆 CIP 数据核字（2017）第 009465 号

穿过人群凝视你

出 版 人 姜钦云
责任编辑 易晓燕
装帧设计 游桤渲
出版发行 知识出版社
地　　址 北京市西城区阜成门北大街 17 号
邮　　编 100037
电　　话 010-88390659
印　　刷 北京一鑫印务有限责任公司
开　　本 787mm×1092mm 1/16
印　　张 14.75
字　　数 280 千字
版　　次 2017 年 2 月第 1 版
印　　次 2020 年 2 月第 2 次印刷
书　　号 ISBN 978-7-5015-8590-8

定　　价 39.00 元

目录 Contents

穿过人群凝视你

（一）提着裤子的警察

那是一个同龄人聊天室，我在那里认识了他。

我在网上一般用两个名字：一个叫“女警心灵”，一个叫“穿过人群凝视你”。后者更常用，因为穿着制服上网有些过于严肃。

那天，他的出现，他那低级古怪的网名，使我在起名字那一刻毫不犹豫地换了制服。他叫“提着裤子的警察”。

我冲他开了炮：“你为什么叫这个令警察难堪的名字？你一定不是警察！刚被警察打击过吧？”

“我随便起的。警匪一家，当警察时间长了，我自己都闹不清楚是警是匪了。”

“警匪本是对立面，何谈是一家？”

“我是刑警，平时压力太大，上网需要换个角色释放一下。”

我换了公聊：“压力再大，也不能亵渎警察的声誉，你还嫌骂警察的人不够多吗？”

“也许骂骂，我才好做决定。”

“换名字！这里很多人都知道我是警察，别给我们丢人了！”

被我的执着所紧逼，他换了名：“不想当警察”。我不依不饶：

“再换!”他又换了，叫“一杯浩瀚的茶”。

接着，他说：“好了，爱管闲事的女警同志，我上班见的都是同行，上网聊天我可不想再见同行了，你饶了我吧!”我给他发了个微笑的动作说：“只要你不起那个提着裤子的破名字，我才懒得理你!再见。”

接着，我换回了我“穿过人群凝视你”的“马甲”，开始和我的朋友们斗嘴打趣。

后来的日子，我继续着我的网上夜生活，只是偶尔在说话的间隙瞟大屏公告时，会注意到他名字的出现，知道他也来了，仅此而已。

我喜欢在网上忽悠人。说实话网上的女警很少，网络带给了我一个无限扩大的社交圈，我的那些隔了行业的朋友，对女警的聊天内容及风格非常新奇。他们一见我来，就一哄而上。我由此练就了一张利嘴，兵来将挡，水来土掩。

后来，他告诉我，从那时起，他就开始一个人，坐在漆黑的夜里，点燃一支烟，静静地守在屏幕前看着我，看着我公聊，看着我忽悠人。写到这里，我的鼻子酸酸的。

那一天，我上了网，却没有找到老朋友。我把名字挂着去看新闻。不知道他是什么时候来的。他没有见我在大屏上露面，便好奇地点了我问：“今天怎么不公聊了啊？同行同志。”

于是，我开始了和他的第二次交谈。原来，他在休假，是一个正打算离开警察队伍的人。我连珠炮似的数落他：“既然你不打算当警察了，你就不是我的战友了，我还理你干嘛？看你起的那种破名字，一定不是什么好人，做不了警察肯定是个人原因，离开了是队伍的幸事!”

他一直不回答。终于，我说累了，开始听他慢慢解释：队伍里害群之马的腐败堕落、自己和团队出生入死的压力、自己怀才不遇的压抑、面对一份高薪安逸职业的困惑和艰难抉择……

我听着，被他的故事一点点打动和瓦解，我聆听到了他心底深处那些久未释放的困惑……

（二）你改写了我的历史

他说："你知道吗？我休假的目的就是要静心想一下，到底是离开还是留下。"我回答："你不留下，以后你就不是我的战友了，我永远不会再理你了。"

他说："你知道吗？因为刑警的特殊性，我平时很少穿警服，可休假这一阵子，我却把警服熨得平平整整，天天穿着。"我回答："很多离开队伍的人，最后看那身被收回的警服时，都是含着泪的。"

他说："你知道吗？一个身高187CM的大男人穿着警服是什么样子？"我回答："男人嘛，穿警服的最帅。"

他说："你知道吗？我只要做出一个抉择，有张宽大的金融部门保卫处长的办公桌就属于我了。"我回答："腐败与怀才不遇并不鲜见。金融不是你的专业，你去了更会感到怀才不遇。"

他说："你知道吗？当了金融部门的处长，可不比我现在的科级，有专车、有大房子、有高薪、有安全保障。"我回答："如果听我的，我希望你永远都穿着警服。"

再以后，有很多天没有看到他来。我有些着急，不知道为什么，我开始隐隐牵挂着他，我为他改变了自己的习惯，上网，不再是找人瞎扯，而是——为了等他。确实的，我在等他，怀揣一份好奇，一份期盼，一份不安。

那一天，他的再次出现不由让我一阵欢欣。我突然就看见了他的话："我的战友！我回来了！"这句话其实是我盼望着又害怕着、又意外又在意料之中的话。我知道他回来了，还穿着那身警服回来了！

我激动地给他打了个握手的动作，说："你讲，我听着呢。"

他说他想好了，心里是热爱这个职业的，离开了实在舍不得，领导们也一再挽留。他说："我真要走了，领导们才发现刑警队少了个干将，是个大损失。党委研究后竟然给了我刑警队政委的职务，以后就是副处了，嘿嘿……"他说："丫头，以后见我要敬礼了啊，不许再批评领导了!”

我在屏幕前“嗤”地笑出了声，当即打上了四个字：“立正!敬礼!”

他说：“你改变了我的一生，改写了我的历史，以后我要有个三长两短，你可要负责任呀!”我说：“你想得太多了，怎么会那样啊，不会的。”

随后的日子，我依然在网上等他。他不在，我从不和别的男人说话。但是我却很少能见到他，偶尔地，他匆匆忙忙地来了，又匆匆忙忙地走了，期间简短地说上几句：经济越发展，刑警任务越大，出去执行任务也越危险；弟兄们和他的压力太大了；事情太多了，又是几天没好好休息，腰肌劳损腰疼得很等等。

我总是在他来时专心地听，然后忽悠给他一大堆的调侃，希望以此方式来拔开他压力的水龙头。

（三）穿过人群凝视你

那一天，他又来了，给我的第一句话竟然是：“二嫂，你好!”

我很意外，怎么会是这样的称呼？一问之下，才知道不只是他，他的团队九个人都在和我聊天。我笑着说：“今天你们准备群殴我啊!”

随后，他和他的部下抢键盘乱成一团。他的领带几乎被扯成了腰带。在他和他部下轮番的轰炸中，我才知道他平时经常和同事谈起我，用我做例子批评过不热爱警察职业的内勤。他在单位谈起我时会眉飞色舞，我在他单位已经成了名人，连队长今天在楼梯口遇见他还笑着问他：“你那二嫂漂亮吗？”

我了解到今天的空闲是他们的短暂待命，一个黑社会性质的犯罪团伙，今晚要收网了。为了活跃气氛，缓解大战前的压力，战前会前的空隙，他又提到我，他的部下就要一起来看看我。

我没有恼。我知道压力是这个行业的家常便饭，我知道玩笑是排解压力最好的开关，我乐了："我啥时候有了二嫂这个职称呀？"他们说："是我们集体研究后决定授予你的荣誉称号，以后你就是我们的二嫂了。"我说："你们还封建社会搞包办啊！"

可以想象那晚他们是多么地开心和快乐。我也一样，我想我会永远记住那个夜晚，记住那个称呼——"二嫂"。

以后再遇到他，就开始有了某种说不清的情感慢慢弥漫在我和他之间。他的似乎更强烈一些，他对我的称呼也越来越奇怪起来：二嫂、老婆、小妖精……

我开始变得忐忑不安。他说，每次出去执行任务都能感觉到一双眼睛期待地看着他，盼望他漂漂亮亮办完每一起案件；每次出征回来都能感觉到有一颗心安静地等着他，等待他快快乐乐平安归来；静下来的时候开始喜欢一个人发呆，总是想象着有个小女人正偎在他的怀里，凝视着他……

我知道我和他之间有了什么。可是，我们都有家。我早知道他有个贤惠内向的老婆，有个可爱上进的女儿。只是，我们在暧昧的时候，都忘记了自己的家。

我开始打定主意要离开他，要从他的视线里彻底消失。因为，改变一个人的命运已成了我生命中不能承受之重的负担。他的喜怒哀乐、他的平安健康已和我连得太近，我们之间这份感情，更是让我无所适从。

我开始像个母亲似的叮嘱他，对他的衣食出行千叮咛，万嘱咐。他似乎并没有觉察到我的用心。

最后，我对他说："我要你穿着警服，我会穿过人群凝视你，希望你一辈子平安幸福！"

他说："我记住了，一定保护好自己，一辈子都穿着警服。"

第二天晚上，我换了新名字，没有见到他。

第三天晚上，我值班，拼尽力气使自己忙得什么也不去想。

第四天晚上，我没起名字，静静地看着屏幕，看人来人往的网海中，人们在闹，在笑。

第五天晚上，我没起名字，静静地看着屏幕，看人来人往的网海中，人们在闹，在笑。

第六天晚上，我没起名字，静静地看着屏幕，看人来人往的网海中，人们在闹，在笑。

第七天晚上，某网站——同龄人聊天室——某房间——在大屏的字幕上，他用了大红色的字，非常醒目的红。

人群中锁定你："二嫂，你在哪里？"

人群中锁定你："政委说：老婆！回家吧，我在等你！"

人群中锁定你："所有警察注意了：谁看见'穿过人群凝视你'了？"

人群中锁定你："寻人启示：'穿过人群凝视你'——女警察！"

人群中锁定你："凝视，我在等你，你在哪里啊？出来啊！"

人群中锁定你："凝视，我找你一个星期了，我恨你！"

人群中锁定你："我伤心欲碎……"

屏前的我，早已是泪如雨下……

袖口上的母爱

那年，祖母病危，父亲领着母亲和我们兄妹，急匆匆回到祖母居住的农村老家。

祖母已经80岁高龄，冠心病折磨得她清瘦憔悴。

父亲奔到祖母炕前的时候，祖母混浊的眼睛分明看到了自己一世的牵挂，她艰难地伸出颤抖着的双手。父亲看出了她的用意，忙把手伸给她。

祖母用长满青筋和老人斑的手，摩挲着父亲的袖口。初冬季节，父亲的呢外套里面穿着一件手工做的棉衣。记忆中，他的这件棉衣就是祖母亲手缝制的，棕色的软缎子面料，针脚密密的，蚕丝的芯儿。母亲说祖母做那件棉衣，就为了让他的儿子冬天穿着这样的棉衣，轻巧、合体、耐实。

祖母说话已经很艰难了，她喉咙里咕隆了几声，费了很大力气说了一句话，我听出是三个字，但没听出她说的是什么。

祖母说完这句话，好像完成了等待已久的任务似的，渐渐陷入了昏迷。

抽噎着的我和妹妹被亲戚拉到门外：别在老人跟前哭，人马上就要走了，给她留点清净。

我问妹妹："刚才奶奶说的什么？"

妹妹黯然地回答："她放心不下爸爸的冷暖，说的是：穿厚点。"

我又红了眼睛，独自发着呆。

"穿厚点"是一个80岁的老人嘴里说出的最后三个字。

父亲都快60岁的人了，在他14岁时，祖父跟部队走了。从那时起，父亲上有曾祖母，中有祖母，下有姑姑，他稚嫩的肩膀就挑起了卖菜的担子走街串巷，也从此挑起了养家的重担。风雨中，他早已经习惯照顾好自己。如今，他的子女都已经成家立业，而他的冷暖竟然还挂在弥留之际的老母亲心上。快60岁的人，应该也算是老人了，在他的母亲眼中，他还是个孩子！

"慈母手中线，游子身上衣。"这句诵读过不知道多少次的词句，那一刻，我才突然体会到了它的内涵——母爱，原来就是摩挲在袖口上的温度。

等，是一种很美的姿势

1991年5月的一个雨天，铁凝去看望她一直唤作姥姥的冰心。

“你有男朋友了吗？”冰心问时年34岁的铁凝。“还没找呢。”铁凝回答。

“你不要找，你要等。”90岁的冰心老人说。

铁凝这一等，就是16年。

2007年5月，已经成为中国作家协会主席的铁凝迎来了她等来的爱情和婚姻。她的爱人，就是54岁的华生先生——现任燕京华侨大学校长、对中国证券市场最具影响力的经济学家之一。那年，铁凝50岁。

后来，铁凝在接受《南方周末》的专访时，说道：“一个人在等，一个人也没有找，这就是我跟华生这些年的状态。对爱情要有耐心，永远不要放弃自己的期待。”

“你不要找，你要等。”这句话在铁凝和我们听来，都充满了禅机。对爱情，要等，不要去刻意地寻找。努力让自己变得更好，然后用内心的平静和喜悦，用全部的生命，静静等待那个真正属于你的人。

“不要找，要等。”细细想来，禅悟的又何止是爱情呢？想想人这一辈子，似乎一直都在急吼吼地找着什么，追求着什么。一份心仪的工作，一个显赫的职位，一笔用之不尽的财富，一场风花雪月的爱情，一个理想的爱人，一个舒适而完美的家庭……

一颗心就这样不停地奔波着，追逐着，忙碌着，自然也就焦虑着，苦恼着，煎熬着。很多时候，我们本该停下来，等一等，看看沿途的风景，但是我们的脚步总是过于匆忙，于是，一再错过。错过春天花开，错过秋天叶落，错过灿烂星光，又错过绚丽朝霞……

所以，我们“不要找，要等”。因为，等，是一种很美的姿势。伯牙弹奏《高山流水》，等来了子期，演绎出一段千古知音的佳话；诸葛亮隆中静修数年，才遇到求贤若渴三顾茅庐的刘备；姜子牙直钩垂钓三年，才迎来愿者上钩的周文王；韩信早年历经乞讨度日、胯下之辱的等待，才换来萧何月下急追的赏识……史上这些美丽的传说，无不向我们透露着等的美丽，千里马要等伯乐，黑暗要等光明，风雨要等彩虹，成功要等机遇。等，是期许，是耐心，是阅历，更是心平气和、优雅端庄的姿势。

雅人云：欲速则不达。俗人云：心急吃不上热豆腐。等，的确是一种很美丽的姿势，它代表着希望。让我们在人生的某一段路上，等待一段美丽的风景吧。

分　手

祥子是个警察，茉莉不是。

茉莉是祥子的女朋友。

祥子总是加班加班，茉莉就有些受不了。茉莉闹了很多次，祥子嘴上答应，实际还是老样子，忙啊忙的。茉莉决定真闹一次，她要提出和祥子分手！也不是真的就想分手，而是想试一试，工作和爱情，祥子到底更重视哪个。

一大早刚上班，茉莉就用手机短信给祥子下了最后通牒："如果你今天晚上7点仍不能陪我的话，分手！"

茉莉万万没想到，等了一上午没等到祥子的回复，在她重新发了好几遍这样的短信后，终于等到了祥子的回答："分就分！"

茉莉一下子蒙了，她突然觉得这个男人怎么这么不懂感情呢。自己何尝是想真分，还不是逼他一下，借此来证明下自己在他心目中的地位。

可现在怎么办？茉莉不免心乱如麻。一向骄傲的她，也不能委屈自己的尊严返回头再去给祥子说好话。胡思乱想间，茉莉就觉得祥子也许从没有爱过自己，也许，他早就想分手了。所以，他一直借口忙工作，忙工作。这次，正好借茉莉的口了却自己的心愿？

正好单位有个出差的机会，茉莉一气之下争取了过来。躺在晃晃悠悠的火车上，她只是想："现在我离你越来越远了，狠心的东西！"心里想着不哭不哭，泪水还是不自觉顺着脸落下来。茉莉也不擦，任枕头湿了一大片。

第二天，忙完公事的茉莉还不想回家。她在陌生的城市有一搭没一搭地四处溜达。看见人家一双双一对对的小情侣，茉莉眼圈就红了，心里酸酸的不是个滋味。

恍惚中，手机响了一下。打开一看，是祥子的短信："茉莉，一个释放犯声称今天要拿炸药包炸了我们刑警队大楼。昨天上午开会研究方案。今天我们一直在路上布控。如果明天早上 8 点还没有我的短信或电话，请允许我最后说一句'我爱你'！"

茉莉的腿一下子软了，蹲下去捂着突然一阵阵绞疼的心口。她恨着自己："这么生死的关头，我不但不能替他分忧，还在关键时候刺激他，给他添乱。"

茉莉买了票急急往回赶。一路上，她只是在不停地祈祷和流泪："祥子你可不能出事，不能丢下我。没有你，我怎么办?"也不敢再发短信过去，唯恐打扰了他的工作。现在她明白了，警察的工作，原来真的会处在出生入死的刀尖上。

一夜的辗转反侧。早上 7 点半，她在刑警队大门口见到了祥子，一问，释放犯已经落网了。

茉莉也不管别人是不是在偷看，只顾上去，一把攥紧了祥子的手："你，就舍得和我分手！就舍得和我分手！"

祥子也红了眼睛，凝视着她，一字一顿地说："我哪里舍得！只不过那会儿正在节骨眼上，怕你又是电话又是短信闹个不停，分散注意力，一急才那样说的。"

奇　迹

屏幕里，于丹和那个大男孩侃侃而谈，他们在说高考时两人结缘的那些往事。

那年，男孩参加了北师大艺术类招生的面试。于丹是主考官。

他是最后一个进场的，抱着一摞东西，斜跨着背包就跑了进来。他打开笔记本给老师们看他做的网站，又分发他的一摞论文，然后他跳了一段街舞，又弹了一段钢琴。接着，他弹了吉他，吹了口琴，唱了一首自己写词作曲的歌。于丹从第一眼就喜欢上了这个阳光的大男孩。她问他：你文化课能考多少分？他回答：580吧！于是，于丹充满期待地看着这个男孩说："我在北师大等着你，你一定要来啊！"

可是，高考前三天，就在这个男孩踌躇满志应战高考的时候，他却突发阑尾炎。他带着手术后的眩晕坚持要上考场。结果，却以390分的成绩名落孙山。

他给于丹发了一个简单的短信："老师，我考得不好。"然后跟家人说，我要上北京，我要去找于老师。于是，他选择了一所离北师大很近的民办大学安顿下来。由于羞于与于老师见面，他依然给于老师发了短信。于丹鼓励他："好好读书，争取考我的研究生。我等着你！"

10月份，那所小小的民办大学借用北师大的操场开新生运动会。开完运动会，他一个人坐在北师大空荡荡的台子上，失声痛哭。他给于老师发短信："说句不自量力的话，我觉得这个校园是我的！"后来的日子，他经常偷偷溜进北师大，一个人在校园里走来走去。

后来有一天，于老师给他发短信："你来北京这么久了，我请你吃顿饭吧！"他说："好，就请我吃馒头吧！"

于丹并不知道这顿馒头对于男孩的影响有多大。第一学期结束时，这个孩子得到了一等奖学金。可是，他却找到校长说，我要回去再考一次北师大，找于老师！

校长问他，"那个老师知道吗？"他说不知道。校长又问他，"你妈知道吗？"他说不知道。校长摇摇头："你还是个孩子，你就这么决定了吗？"他回答："请您允许我在 18 岁时做一件我到 80 岁都不会后悔的事吧！"

转眼，到了来年艺术生报名的时候。第一天，男孩没有来。第二天，男孩依然没有来。报名最后一天的中午，他给于老师发了个短信：我终于害怕了。于老师回答他：人不能败给自己！然后，就在报名结束前的最后一小时，他来了。

考场上，他扑通一下坐在椅子上。他说，我就给老师们讲讲我这一年的经历吧！当他讲完走出去的时候，考试被迫中断了 3 分钟，因为在场的所有老师都哭得一塌糊涂。有个女老师对于丹说，"于老师，这孩子我们要了吧，他要是在古代，就是荆轲啊！"

他如愿考上了北师大。从他离开家要去北京报到的那一刻，他就不停地和于老师直播着他的路程：我上火车了，我到北京了，我到北师大南门了，我跑进来了……当他气喘吁吁跑到一直等着他的于老师面前时，那是他们第四次见面。于丹说，"那一刻，我觉得他就是我的奇迹！"

朋友，看到这里，你是不是也恍然回忆起，在你跋山涉水的生命旅程里，也曾经遇到过一个个生命里的贵人，在你曾经迷茫、痛苦和绝望时，他（她）伸出手相扶，成就了你的一段奇迹！？

雪中送炭，才知人情冷暖。其实，岂止这个孩子是于丹的奇迹。遇到于丹，也是他的奇迹。在我们生命的每道关卡前，如果我们恰好能够幸运地巧遇我们生命里的贵人，他们成全过我们的奇迹。那么就请珍惜他们，永远记得他们！因为，我们因他们成就了奇迹；而他们，也是我们的奇迹！

爱你，就是要花你的钱

总有一些不同于他人的怪想法，比如，人家说，钱是最俗气的，说钱就不是爱情。

可我就觉得那样的说法特别伪君子。我想说的偏是，爱你，就是要花你的钱。

妹夫的司机是位五十多岁的老头。有一天他载着我们一家人，在雨后的野外慢慢行驶。我坐在后座上，静静地听他声音欢快地说的一席话，突然感动得想流泪。

他说："其实我不是个讲究的男人，活了快一辈子了，马上60的人了，我挣钱图个啥？就图我老婆女儿出去能穿好点的衣服，她们衣着光鲜，我脸上才有光，她们就是我的脸。"

男人挣钱女人花，这似乎是天经地义的道理了。因为他的这番话，我再无心思去参与家人别的闲谈，只在心里想着这个问题：钱，能不能表达爱情？

想了很久，答案是：可以。

"嫁汉嫁汉，穿衣吃饭，"这似乎是很久以前的女人的全部生活目标。在那个年代，这个话题似乎根本不用讨论。难为人的是在今天，纯粹的家庭主妇在城市女性中所占的比例不会超过10%，当然，农村除外。

很小的时候，我有个女邻居，脑子有些迟钝，工作也不好，也许从小缺乏宠爱吧，她的脾气竟然也不好，刚嫁到我们大院里时，会经常为了一些鸡毛蒜皮的事和其他女人吵架。吵架的时候，为了弥补辩论水平上的缺憾，她就取而代之以骂人取胜。有天，一个女邻居被她骂得狗血喷头，气得嘤嘤直哭，人家的老公气不过，出来说了一句话，后来，这个坏脾气的女人再不当街骂人吵架了。这句话我到现在还记着，而且当初结婚的时候还特别地为这句话努力过："你会骂人就是本事不成？怎么有的女人结婚，男方要花钱，你却需要倒贴了钱才嫁得出？"那个时候，我对爱情就有了浅显的认识：原来，好女人就是能让男人心甘情愿为她花钱的女人。

在我们老家，还流传着一句老话：富养女儿穷养汉。意思就是说女儿家从小要尽量让她生活得富足，不要为钱忧愁，这样的女儿长大后大气、宽容，为人不会斤斤计较得厉害，即使没有做大家闺秀的命，也至少是个小家碧玉。而男儿，从小不要给他太多的钱，要让他知道钱来得不易，这样的男人长大后有责任心，能扛起重担，"自古雄才出磨难，从来纨绔少伟男"也就是这个道理。

女人是靠哄的，男人是靠捧的。作为女人，如果你不爱一个人，你一定会拒绝接受他的所有礼物，那可都是钱。也就是说，你不爱他，就选择拒绝他的钱。可爱一个人呢？你就会喜欢他为你花钱，即使为你买哪怕很便宜的东西，你也知道他心里有你，当然，他给你的礼物越贵重，难道不是越宠你吗？你的心里难道不是越欣喜吗？而男人，被自己的女人奉为有能力有责任心的男人，那不是男人最大的荣光吗？自己的女人生活得好，那是对男人最大的捧。

虽然在这个世界上，人们总是在提倡男女平等，男女同工同酬，但我却从心里排斥那种 AA 制的恋爱和婚姻。如果一个男人在钱上和你斤斤计较分得太清楚，那样的爱情还有什么滋味可言？那样的男人哪还有一点男人气概？我有个女友，和一个男人分手后谈起那人就只会冷笑。原来，那男人在分手时给了她一个账本，上面记着俩人一年来交往的所有账目，精确到毛。女友甩了他一耳光，然后扬长而去，她咬牙切齿地对我说："本还为这段恋爱留着点念想，他的账本使我彻底庆幸了自己的选择。我怎么会和这种男人混在一起了？"接着，她又惨然一笑："好在他还没精确到分。"

金钱买不来感情，用金钱买肉体的男人和拿肉体换金钱的女人同样可鄙。但金钱，却实实在在可以表达感情。

哈尔滨的老演员彭玉就是个特别会当女人的女人，她主演的《浪漫的事》公演后，她应邀到央视《影视俱乐部》接受采访，芳菲问她："您一辈子最浪漫的事是什么?"她稍微想了一想，说："是我老头瘫痪在床八年中，我俩过的那些日子，那就是我一辈子最浪漫的事。"在芳菲和观众惊诧的目光里，她慢慢回忆着："老伴瘫痪在床时，我让全家把钱都交给他管理，连买菜花 10 元钱都要问他要，还和他讨价还价，有时也和他耍耍赖。老头子在这八年间虽然瘫在床上，但他的床头从来没有断过鲜花，他一直都很自信并且快乐，一直都觉得家里人在花他的钱，他自己在家里的地位太重要了，一家人没他简直就活不成了。"全场的人为这个 70 岁却依然魅力四射的女人的浪漫故事而掌声雷动。

无论女人挣的比他少还是比他多，就愿意当他的小女人，靠在他身旁，眼巴巴地看着他的钱包说："老公，我又没钱了，可以给我点吗?"对面的老公，无论是身强力壮的还是瘫痪在床的，面对这样小鸟依人的老婆，感觉好极了，都会骄傲无比地挺挺宽宽的胸脯，豪气地掏出大钱包："要多少?"

哪怕这个女人今天交给他一些钱，明天再从他手里往出要，反正就是从他手里出钱，就让他感觉是在花他的钱。

我有一份和老公相当的工资，我的稿费比工资还高。可我，还是常常喜欢问老公要钱花，因为，这是他的责任，也是我对他的艺术。每年的生日，他都会往我银行卡上打一千元，然后留下一句话："我不太会买东西，给你点钱，你自己看喜欢的买吧!"这个时候，我总是喜滋滋地揣了卡，一路奔着银行去，取了属于我的钱，在街上溜达着到处搜寻我喜欢的东西，然后回来再找他报账："这是你的钱为我买的哦!"

我也为他买东西，甚至为他买的，比他想得到的还要贵重好多倍。我就喜欢他穿着我熨烫平整的衣裤，拿着我在各种节日为他买的物件，喜滋滋地当他的大男人!

写到这里，我又狡黠地乐了，在心里对老公说：“我最喜欢花你的钱了，我就是要你一辈子养活我！”想象着，那头的老公听到这个话时，自信地说：“老婆，我会努力的！”

这样的生活，其实真的很不错。

父亲的菜园

父亲对生活从来不厌其烦。他和母亲冬天住单元房，有暖气。夏天就会回到位于县城边缘的小院住着。回小院的时节，母亲种花，他种菜，各得其乐。

小院不大，除去储物的小棚子，放满了我们搬回家的大大小小的花盆，装修房子拆下来的浴缸，里面都被母亲种上了花。两层楼前是一座五层的楼房，小院每天见阳光的时辰并不长。在哪里种菜？父亲便想了个绝招。他找来工人，花两百多元到附近的野土崖边挖来了几车土，抬送到楼上，在楼顶开垦出一块五米长、两米宽的菜地，买来菜种子，扯上水管子，种上了南瓜、西红柿、辣椒、茄子、油麦菜、豆角等。

父亲从小是菜农，14 岁就挑起卖菜的担子走街串户，也挑起了养家的重担。父亲不到 170 厘米，他常说是正长个时被卖菜的担子压的。那时候，我爷爷当兵不在家，人家都疯传我爷爷去了台湾或者已经战死疆场，家里我的老奶奶、奶奶和姑姑全是女人，父亲常说这就是孤儿寡母。靠卖菜担子，父亲给我的老奶奶送了终，娶回了新媳妇——我的母亲，生育了我们兄妹三人，迎回来我的打了半截仗、一直在陕西农家养伤的爷爷。爷爷回来不过三年就瘫痪在床，拖累奶奶伺候他多年不提，“文化大革命”时，也因为他的历史耽误了父亲的前程和姑姑的婚事。这时，我的父亲、母亲和姑姑都外出工作。父亲的职业才远离了种菜，卖菜。

小时候吃过种菜的苦，也得过种菜养家的益，父亲对种菜自然情有独钟，当然也很在行。于是，父亲退休后没享几年清福，闲不住就又开始种菜了。我们每次回娘家，都会带回来撑满了几个袋子的各色时令蔬菜。父亲种的菜特别耐放，前几天我家的抽油烟机坏了，一周多没开伙。后来打开冰箱看父亲种的马齿笕和油麦菜时，发现菜叶一点都没烂。老公说，这就是激素催的和自然养的的区别。

父亲种菜传统，用农家肥。因为我家小院靠近一个小村，这个村住着县城的菜农，村民也养猪狗，养牛羊，于是父亲闲了便去村边捡点牲畜粪，或者问村民要点农家肥，提回来放进楼顶的一个大水缸里沤着，需要时给地里撒上一些。这样种出来的菜，总能让我们吃出小时候的纯正味道。

父亲种菜传统，那么大点地，他也打垄、垒地畦，煞有其事的田埂常让孙子辈们捧腹喊萌。父亲划出这一垄一垄，符合他大半辈子干活干工作利索整洁的特点，是为了区分出菜的种类和成熟时节。

父亲种菜传统，曾专门到农村的集上买回正宗的钉耙、锄头等农具，给瓜儿蔓儿搭的木架、竹篱也煞有介事，整整齐齐，不知道他是从哪里找来的材料，又汗流浃背地干了多少个清晨。

后来，父亲不过瘾，又陆续在顶楼南边的边缘、西边的边缘，“螺丝壳里做道场”，开启了两道长窄的菜地，种了小葱、红白萝卜和韭菜。年近八十，又得过腰椎间盘突出的他，又不知怎么一阶一挪地搬上去两个大花盆，种了两颗花椒树。花椒树边，又搭起了葡萄架，架下安置了简陋的水泥桌椅。父亲的小菜园由此颇具规模，种的南瓜、西瓜和豆角也蔓延到了两边邻居家的房顶。夏夜闷热，就楼顶有点风。曾经，我和女儿在葡萄架下铺上报纸凉席，席地而卧。于她，好比新鲜的野外露营。于我，则直接追溯到小时候和奶奶在农村院子里露宿的回忆。

父亲大半辈子乐善好施。他曾经给我们说过，他的朋友都是吃亏积累起来的。父亲和那些朋友出去吃饭喝酒游玩，从来没让别人买过单。在我们家，数父亲的朋友最多，人缘最好。这时种的菜多了，父母两口人又吃不了，我们又不是每周都回去，于是，给左邻右舍送菜，也成了他常做的事。我们家也只有他，微信圈里加的有左邻右舍。

父亲心地善良，聪明能干，年轻时生活担子重，脾气有些暴。未退休前，他一家之主的威严是所有家人不能侵犯的。退休后，他一度患上冠心病，几次到了要放支架、做搭桥的手术室边。种菜以后，他的脸风吹日晒粗糙了，可身体硬朗了，这些年，心脏没有再犯过病不说，他的脾气也变好了许多。回家的饭桌上，即便有青春期挨打的经历，我也敢当着他的面抱怨了。他听了也不像从前提起时那样恼，反而笑呵呵给我道歉。

“完小”都没毕业的他，说不出多有哲理的话，他说，种菜让他心静，我们大了都飞走了，一园子的菜就像他的孩子，菜不说话，菜不跟他犟嘴，菜供养他。

父亲的菜园，种满了他晚年的乐趣和寄托。

每年学点新东西

经常听到一句俗语：你无法决定人生的长度，但可以决定它的厚度。还有一句意思类似：你是活了一辈子，还是活了一天，重复了一辈子？

这就是丰富人生的哲学。我有个很敬仰的异性朋友就很会生活。他的生活方式一直是我的旗帜和方向。我很羡慕他的原因在于他特别喜欢新鲜事，特别爱学新东西。他说，他每年至少要去三个从没去过的地方，看十本从没看过的好书，学一样从来不会的新本领；每次去饭店，至少要点一个从没吃过的菜；每次聚会，至少要认识一个新朋友……

他的生活忙碌且有序，多彩且轻快。每和他聊一次，我都会被他乐观积极的阳光态度所打动和感染。对他，也一直充满着历久弥新的感觉，因为每见他一次，他都有新的知识、新的人生体验来和人分享。

人的身旁必须有高人。有高人朋友的好处就在于他能带动你向上。在他的感召和影响下，我每年在年初制订生活计划时，也不忘规定上一句：尝试没有尝试过的新事物，学习新技能。不为别的，只为能和他一样，最大限度地丰富自己的人生。

2007 年，我学了开车，虽然现在还是只能在操场上转悠，且只能顺时针，不能逆时针，但毕竟，我尝试过了，努力过了，至于结果如何，那是不重要的。

2008 年，我学会了水培。现在我家的植物还有一半是水培的。宁可食无肉，不可居无竹，我养的最好的，就是几瓶富贵竹。还有滴水观音、绿萝等，它们不仅新鲜了我家的空气，而且装点了我家的风景，美化了我家人的心境，造化多多。

2009 年，一年计划制定很久了，却一直没想好今年要学点什么。忽一日，处里的副处长神采飞扬地进来，手里提着鲜红的衣裤。她兴高采烈地说，她报班了，学瑜伽和肚皮舞，并且叫我和处长也去。

瑜伽见过，肚皮舞可从来没见过，咱一心思粗糙、平时只学过擒拿格斗的女警，能学会那妩媚娇柔的瑜伽和肚皮舞？别人会不会嘲笑咱——不惑的人了，还赶这时髦？

三个女人一台戏，处里四个人，就有三个女同志。三个女同志下了班就扎堆去瑜伽馆考察了。一番考察之后，得出结论，瑜伽馆里的学员，不仅谁也不认识谁，一小时的课程，来了就是跳操，跳完操就走人，而且，也净是些旨在锻炼身体、锤炼气质的“半老徐娘”。

可见，人到中年，始知生活的真谛就在于：要活在自己的心里，不要活在别人的眼里。始知自己的人生掌握在自己手里，需要自己去打造和丰富。

人常说，人生苦短。人的一生，除掉睡眠，满打满算就一万多天，如何在有限的生命中，活出无限的精彩纷呈，确实是一门学问。

于是，买了舞鞋、肚皮舞腰链和瑜伽服。2009 年，我要学会瑜伽和肚皮舞。即使跳得四不像，好歹也是给伏案久坐的腰椎和颈椎一个活络活络筋骨的机会吧！再说了，现在的世道真好，想学什么就能学什么，有这么好的条件，不学点新东西来丰富自己的人生，还真有点对不住自己呢！

旗袍情缘

喜欢旗袍。

一直以为，再没有一种衣服能像旗袍那样，最能表现中国女性的柔美和气质。

含蓄又妩媚，端庄又妖娆，传统又温婉，低眉敛目，却又暗香浮动，于背地的不张不扬里，开出芳香逼人的花儿来。

感觉，能把旗袍穿得韵味十足、淋漓尽致的，得是张曼玉那样的女子——削肩、细腰、长腿，不瘦骨嶙峋，也不大膀凸肚，外加一张精致的脸。一部《花样年华》下来，满大街都是旗袍，这就是极致。

《潜伏》里，“郭芙蓉”裹在旗袍里，虽没有戏里其他女人穿旗袍那样惊艳，竟也没有了“排山倒海”时的张牙舞爪，倒是平添了几分草根女子的朴素和质朴。所以，《潜伏》演完后，大街上又是一阵旗袍热，这也是旗袍的造化。

还有一些女人，她的影像总是和旗袍连在一起的。你很难想象她穿着列宁装或者喇叭裙会如何。她的气质和风情，只适合旗袍，比如张爱玲。

虽如此喜欢旗袍，但多年来，因为身高的自卑，竟只敢在心底里暗暗喜欢。

结婚那年，买嫁衣时，偶遇一件大红的旗袍，平绒的面料，手感温软而妥帖，从胸前到小腿，一路绣过去一只展翅飞着的金色凤凰，喜庆、温暖，像极了正炙热燃烧的爱情。小心翼翼穿上后，竟很合身，就像是为我量身定做的一样。看着镜子里自己红彤彤的脸，二十世纪九十年代初期的我，因为很多外因和内因的顾虑，还是恋恋不舍地把它留在了商店里。后来，中规中矩买了一套桃红的呢套裙做嫁衣。

三年前，一次和及笄的女儿手拉手逛街。在背街的一个小店里，发现一溜排开挂着的，都是唐装。欢喜之余，细细看过去，一件 S 码的白色旗袍映入眼帘：镂空纱的料子，露肩及膝。在女儿的怂恿下，试穿了下，竟又是很合身。徘徊在买与不买的犹豫中时，女儿一语惊醒梦中人："妈妈，喜欢就买，要不一辈子你会错过很多。"

那件白色的旗袍买回来后，终是少有机会穿。有一次一家人外出吃饭，我穿了它。远远地望见以前的同事，竟然脸红心跳，急急躲了，生怕人家会说，一把年纪了，还如此招摇！

第二年，带女儿去江南旅游，整理行装时，带上了它。心想，江南的景色，要旗袍才叫般配吧？可是，也只在一个早上去江边时穿过，满大街的回头率，浑身的不自在。

从江南回来，它又被我压进了箱底。

后来陆续又买过几件旗袍，依然是没机会穿。只在节假日穿出来，到街上逛一圈，回来马上又换上家常衣服，做寻常主妇。

梦想很丰满，现实很骨感。和旗袍的情缘也是这样，喜欢，却没有机会。

觉得这种情感像极了暗恋，生命的不经意间，撞见了自己仰慕的男人。爱，却无法表达，无法倾诉。每遇他目光或话语，却只是张口结舌，面红耳赤，无言以对。如此情深，却难以启齿，只因不正确的时间，遭遇了不正确的人。情愫如水晶般薄凉晶莹，太珍贵，一碰就会碎，所以只能深锁，于无人处，细细品个中滋味，聊以自赏。只有自己知道，有多么喜欢啊！

旗袍情缘，只能是一段暗恋，属于自己，只属于自己。

要对得起你

他和她是警校的同学。他身材高大，皮肤黝黑，沉默而寡言。她相反，娇小、白皙、开朗而活泼。不知怎么的，到三年级的时候，他们就喜欢上了，且爱得天崩地裂。

毕业了，她回到县公安局当了一名户籍警，而他，因为差了几分，最终只当了一名派出所的协警，没有编制，薪水很低。

所有的人都不看好他们，尤其她的父母。可他们还是很快结了婚。因为她家人的拼命反对，她的嫁妆，是零。

都说大凡家长反对的婚事，大多不幸福。可他们例外，婚后相敬如宾，如漆似胶，挣的钱，每一分都在精打细算。

这样的日子终究还是太苦，尤其他，因为工资低，总是觉得心里挺亏欠她的。他对她说："我想辞职做点生意，不想让你再苦了。"

辞了职，他开始没日没夜地打拼，钢材、水泥、煤炭、手机店，他什么都做，什么苦都吃。有时去进货时，怀里就揣着她给准备的馒头夹咸菜。没有人知道他是多么喜欢当警察。

三年过去，他们就富些了，买了一套三居室，生了一个胖儿子，开了一家公司。岳父岳母也因为外孙的缘故，经常来看看坐坐，送点好吃的。和他，也融洽了。

偏巧这时候，岳父病了，心脏需要搭桥。他放下生意，取了钱，带着岳母、唯一的小舅子、她和儿子，去了上海。小舅子家境一般，他不让小舅子拿钱。

手术后整整三天，岳母、妻子、小舅子、孩子该吃饭、该睡觉，他都哄着叫他们去。而他，睁着眼睛一直守在医院里，三天，瘦了20斤。公司有急事几次打电话催他。他火了：“等病人出了ICU，我就回去！公司损失点钱算个屁！”

岳父出院了。望着他疲惫到无力的样子，她哭了：“为什么对我这么好？”他笑了：“咱俩结婚时，爸说的话，有多伤我的心。可我才不能让你家人小看我，不能让他们觉得你嫁错了人。”

后来，生意越做越大，他越发忙了，有时深更半夜也回不来。和他一起做生意的同伴的老婆们扎堆在一起，总要交流一些管丈夫的方法，有说要管死他们的钱；有说要不停查他们岗；有说自己要美容、保养；有说要和他家人搞好关系……

只有她，这些事从来都不是她担心的，他的名声早已在外，他们、她们，都知道，她有个正人君子式的丈夫，遇到应酬，有小姐，他都是大骂：“滚！”

她们羡慕她，虚心地向她求教：“当警察的，你是怎么把丈夫管成这样的？有财却又正派。”她笑：“你们钻研的招数也许都有效，但我从来就没细想过，只能说我运气好哦，婚姻这场赌博，我赌对了人。”

她心里有底，深信是自己的眼光好，为自己选对了人。对他而言，他爱她，因为她在他最难的时候没有抛弃他，因为她做着他想做而没能做成的职业；而且，他要做个说话算数的大男人，那夜看着他的新娘，他发过誓，要一辈子对得起她，他就一定要做到！

60 年衣袂飘飘

我在此文想表达的，是我家祖孙四代的女人在穿衣方面经历的变迁。

衣裳，就像珠链，把我们从那时到现在的生活串在了一起，串成了故事，串成了一代代女人的生活质量。

我的奶奶是童养媳，十四岁就成了我家的新娘。在我的记忆里，我认识她时，她就是老太太了。其实，现在想来，我童年记事时，她也就四十多岁，也不过才是中年。

记忆里，她就只有两件衣服，一灰一白。夏天，就是白色的土布斜襟短衫，黑色的土布大档裤，裤腿处打着绑脚，裤腰处打折，用一根宽宽的土布带子系住。冬天，春天，秋天，就是深灰色、同样款式的短袄。裤子，依旧是黑色的大裆裤。

奶奶当了一辈子的农村主妇，命运多舛，可她依然是个爱美的女人。只不过，她生在多灾多难的年代，历经抗日战争、解放战争、土改、“文化大革命”，所以，她爱美，爱干净，却没有机会让自己美。记得她也有饰品，她的饰品，是使头后小髻一丝不乱的黑色卡子，是短袄上她亲手做的精致妥贴的手工盘扣，是头顶一方有五彩线条的土布手绢，是她亲手纳的千层底小脚布鞋……

奶奶在年老时，才穿上的确良（布料），记得她总是表扬的确良比土布结实，耐洗。在奶奶眼里，吃得饱、睡得香、穿上的确良，就是好日子了……

母亲的青年时代是个火热的年代，衣服的变化虽然不大，但也有了潮流。母亲年轻时很美，也很会赶时髦。她穿过双排扣的列宁装，五彩缤纷的花罩衣，的确良的各色衬衣，军绿色的仿军装，剪过齐耳的铁姑娘短发头，穿过人造革的皮鞋，用过印着“北京”字样的旅行包，那些年代的那些东西，可都是顶尖的时髦物品啊！

母亲经历过六零年——那个吃不饱、穿不暖的年代。那时节，她穿过一生中最令人难堪的衣服——染了深色却依然会在某处隐约露出“尿素”两字的裤子，那是用化肥袋子缝制的衣服。在我开始上学时，母亲那个时代，还流行过一种现在早已经消失了的时髦衣服——假领子。那时，衣服破得快，尤其是袖口、领子。假领子，就是用好的布料做个领子，领子下面只用少量的布做到肩膀以下，把它穿在外衣里面，再把领子翻出来，跟穿了件上好的衬衣一样。讲究的人家，每个女人都有好几件这样的领子，好像生活很富足，大家有很多件衬衣一样。反正光景好不好，是藏在里面的，大家都这样做，也都彼此心照不宣。我年少时，赶上了那样的时髦，穿过几件那样的假领子，红的，绿的，蓝的，所以有印象。

我少年时，有几件衣服现在都还记忆犹新。一件是军绿色的上衣，仿军装，小翻领，质地自然是纯棉布的。记得有一次过“六一”，我们去烈士陵园扫墓，我背着的军用水壶，盖子没拧紧，水漏了出来，湿了我的衣服。结果，回家才知道，我里面穿的白色背心也被染绿了。后来，街上流行裙子，记得邻居从上海带回来一件天蓝色的短裙，她穿着小，想卖给我，就让我试了，回家给妈妈看。五元的裙子，妈妈愣是没舍得给我买，让我着实委屈了好久。

妈妈手巧，加上家里家境一般，我们姊妹学生时代的衣服，几乎都是妈妈从街上买回削价的布头，用缝纫机做的。后来街上演《小花》《庐山恋》，妈妈学着《大众电影》杂志的封面，给我们做了好几件漂亮的连衣裙和背带裤，那时穿着走在学校里，也是吸引了很多羡慕的目光的。

我上高中时，还流行过猎装。猎装胸前两边都有兜，很正规洋气。到了上大学时，女人服饰最流行的就是踏脚的紧身健美裤了。那个年代，几乎每个女人都穿过健美裤，也都在那个时代赶过“潮”，后来，有了舶来品“牛仔裤”，那更成了大学生的标志服装。

后来，我参加了工作，当了女警。在我从警的过程中，还经历过警服的几任变迁。从资料里，我了解到我国的警服从解放初期的五零式军装到五五式的上白下藏青的苏联乘警式警服，再到有了领章，下裤改为藏蓝色的五九式警服，又到上绿下蓝的六五式。然后，从电影中曾让我无限仰慕的上白下蓝七一式警服、到带着黄色条条的八三式橄榄绿警服，再到警衔制的实行给警服带来别样气派的八九式警服。我就是从那会儿穿起警服的。如今，我穿着更加与国际接轨、也更加威武庄严的藏蓝色九九式警服，怀着对职业的无限热爱，忙碌在我的岗位上。

到了我女儿这一代，九零后的一代，这衣服的更新换代就更快了，就连上几代人几乎很少改变模样的裤子，也有了很多品种：牛仔裤、休闲裤、工装裤、铅笔裤、马裤……直筒的、微喇的、喇叭的、萝卜的、灯笼的……真是令人眼花缭乱，目不暇接，只恨赶不上潮流，追不上风尚。

衣服的质地也多了：莱卡、木代尔、纤维丝……衣服的风格也多了：正装、休闲、牛仔，甚至什么波西米亚风情、苏格兰情调、韩版、日版、欧版……衣服的耐磨程度也高了很多，家里竟然很少有能穿破的衣服了，甚至连穿旧都不大可能了呢！

我和女儿的衣服也开始讲究品牌了，大街上的品牌商店也越来越多。研究流行什么颜色和款式、什么风格和时尚、什么版式和质地，也成了生活的重要组成部分。穿衣服，成了彰显个性和品位的象征。

从一滴水见太阳，从一衣裳见生活质量，祖国快要过60岁生日了，祝祖国生日快乐！也感谢祖国，有了她，我们女人才越穿越好，越过越美，越活越有滋味……

那些爱创造的奇迹

英国才女诗人伊莉莎白·巴莱特出生的19世纪，英国还很少有女孩子读书。弟弟教会了她古希腊文，使她读懂了《荷马史诗》，也学会了写诗——一个日后改变了她命运的技艺。

15岁那年，一场灾难从天而降。她从马上摔下，脊椎摔坏。从此她成了“睡美人”。厄运还没有结束，紧接着，母亲去世，弟弟溺死在家旁边的河里。命运的魔掌把伊莉莎白·巴莱特一下子推进了生活的深渊。

妹妹将她的诗投寄给伦敦的报纸。这些诗给她带来了好运，也带来了爱情。1845年1月10日，诗人勃朗宁第一次给巴莱特写信。从那天以后，勃朗宁和巴莱特在整整四个月的时间里天天鸿雁传书。

春天，勃朗宁第一次来看望巴莱特。她靠在一个大大的沙发里，抑郁、忧伤、病态。勃朗宁没有却步，在他们见面后的第三天，他写信向她求爱！那年，她39岁。自知之明让她逃避，拒绝。勃朗宁依然执着地手捧玫瑰，每周去看她一次。

爱创造了奇迹！巴莱特可以在别人的搀扶下自己下楼了，第二年春天，在她和勃朗宁相爱一年之后，在病榻上躺了十多年的巴莱特终于可以自己走到大街上了！她答应了勃朗宁的求婚。1846年9月12日，巴莱特和勃朗宁结婚了。

爱情的力量使她创作出了以后全世界闻名的《葡萄牙人十四行诗集》，后来，这本诗集被认为是“英国文学史上的珍宝”。

举案齐眉、耳鬓厮磨的幸福时光，伴随了他们整整 15 年。1861 年 6 月 29 日，勃朗宁夫人靠在勃朗宁怀里，安静而满足地去世了。

罗映珍，一个长相平平的文弱女子，用感天动地的大爱深情，再一次创造了现代版的爱的奇迹和神话。

2005 年 10 月 1 日，云南省永德县公安局民警罗金勇与妻子罗映珍相偕回家探亲。途中罗金勇偶遇三名毒贩，并随即投入战斗，和毒贩展开了生死搏斗。因寡不敌众，他身受重伤，送医院急救后，成了“植物人”。

罗金勇终日只能躺在医院里，接受漫漫无期的治疗。罗映珍全身心地守候在英雄丈夫身旁，服侍他，呵护他。这位执着的女子，天天为丈夫写一篇爱的日记，然后，搂着丈夫的头，留着眼泪念给毫无知觉的丈夫听。六百多篇爱的日记，六百多个日日夜夜。慢慢地，罗金勇竟然被爱妻唤醒了！手指会动了，脚趾会动了，可以流泪了，甚至可以写字了！他写下的第一句话是：“罗映珍，我爱你!”

“罗映珍，我爱你!”这句普通而简短的话语，罗映珍呼唤了将近两年，等待了将近两年。2007 年 2 月 17 日，中央电视台举办的“2007 年度《感动中国》人物”评选，罗映珍以高票当选。而此时，爱的日记已经积累到了九百多篇，并且还在罗映珍的手中和心中延续。

国学大师张中行一次接受记者采访，当被问及“您认为人的一生中，最重要的是哪一种情感?”时，老人回答：“异性之间的男女情感。”说这句话的老人，时年已 90 岁高龄。

90 岁高龄的人，尚且信奉爱情。由此可以看出，爱情对于人生的影响和力量。从勃朗宁夫人和罗映珍的故事里，我们更有理由相信，爱情，不仅丰富了人生，美丽了人生，而且，它还可以创造奇迹！

后　来

对于刘若英，他知道的并不是很多。一个不经意间，听到了她的《后来》，听这首歌的时候，他黯然销魂。

是什么样的歌，能让他这样一个一贯刚强自负的男人暗自神伤？

无数次地沉醉在那遗憾与怀念纠缠在一处的歌里，在恍若隔世的怀念里，为一个曾经素颜的女人的似水柔情而动容……

人世间如果真的有轮回，他一定不再因为执拗而纵容自己，如果能擒住时光片刻，他定要十指紧紧绕扣，不再轻易放她出他的心。“后来，我总算学会了如何去爱，可是你，早已远去，消失在人海。”

微雨燕双飞，花落人独立。他忘不了她参加招警考试时，转身决绝离去时，他的暴跳如雷和懊恼；他忘不了她挥手回眸间，怨恨而伤感的定格。对于她参加招警，他始终是大男子主义的毅然决然，以为自己仗着理直气壮的一段爱情，她应该听他的决策：“你不知道吗？警察那个行当，是把女人当男人用，把男人当铁人用的！你一个名牌政法大学的毕业生，应该有更美好的前程。”可她莞尔一笑：“我想当警察，不为别的，就是想穿警服，想圆一个梦。”留不住她的心，那个神秘的职业给她的诱惑胜过了他的挽留。她入警后，首先是三年基层偏僻派出所的锻炼过程，而他不能等，不能等——因为他年龄已经不轻，因为他要用切断爱情来惩罚她的任性。

他分手的决定使她流着泪悄然转身。从那以后，他走马灯一样周旋在多个女孩身旁，心里却再难达到与她在一起时的默契和安宁。从此，他学会了反复听《后来》，在歌声中反复回忆一个穿警服的女孩拭泪离去的身影。梦里，依稀是她旧日的模样，不知道乡下的纯朴厚重是如何陪伴着她的春夏秋冬？

余音缭绕，《后来》的旋律自她离去后，流行在他的世界里足足一年。听这首歌时，他仍然不可救药地想起了她……

那天是三八，当得知她工作业绩突出，作为三八红旗手立功受奖时，他不免泪雨如飞，那一刻，竟然只是心疼——心疼她忍受失恋、咬牙在工作中抗争的倔强，心疼他轻易放走了如此优秀的女孩。

有她，正因为有她，他才觉得自己活着有时就是个可笑的躯壳，俗不可耐、自私顽固。“有个当警察的老婆有什么不好？即使照顾不好他，照顾不好父母、家庭，让她按自己的理想去生活，放她飞翔又为什么不行？”

眼泪在歌声里飞，被跌宕起伏的歌声所醉，醉在歌声里不再顾及矜持的躯壳，他抓起电话，终于说出：“你走的后来，我学会了如何去爱，希望你，不要远去，消失在人海。”

她的啜泣使他刹那间心碎：“知道吗？你狠心分手那天，就是三八！全世界的女人都在扬眉开怀，只有我，过了个哭泣的三八。”风轻轻吹拂，他的忏悔一片一片缝合了她的伤疤；风轻轻吹拂，为两人的破镜重圆唱起了赞歌……

做你的珍珠

——写在结婚25周年纪念日

每个男人，都希望遇到一个珍珠一样的女子；每个女子，都希望自己可以幻化成珍珠。

让我做你的珍珠吧！我亲爱的爱人！

我知道，我没有如花的容颜，也不是知你懂你的红颜，我没有一低头一娇羞都风情万种的美丽，或者，在你的眼里，我永远是挑剔的，苛刻的，而且有几分坚硬和毛糙。

前世多少次回眸，才换来今生可以做夫妻？我要感谢上苍，能让我在今生有幸认识你、嫁给你、和你举案齐眉、白头偕老，且能给我机会让我育己成珍珠。还是那句轻轻的细语：此生，有你，真好！

我曾经渴望做一个狐妖，有着令人蛊惑的妩媚。一笑一泪，就使你迷失自我；一颦一叹，就使你万劫不复。我知道我不是妖，更不是狐，我的道行、我的福气，只能使我做你平凡如市井女人的、你的俗妻。

情是缘，也是分。它注定有一个开始，值得庆幸的是，这种开始是在合适的时间，相逢了合适的你。

如果此生没你，我会如何寂寞？灯下与键盘为伴，在文字编制的故事里独自倾心、暗自神伤或顾影自怜，穿行在热闹的大街上，身边擦肩而过的陌生人，这一切，又有什么关系，我还是我。生活，还是生活。

你的出现，使我眼前洞开了一个美丽。满眼的灿烂和快乐，在汹涌的人潮、凡俗的世事里，我化茧成蝶、随风起舞，我才知道，“佛把我变成一棵开花的树，长在你必经的路上。”

你用如歌的行板、入微的呵护、纵容的娇惯，开启我粗糙冷漠的世故和感情。你对我的好、我的疼、我的呵护；你说的一字、一句、一笑、一嗔，我都能记住，一点一滴，都不敢、也不会忘记。

以写东西为生的女人，有着天蝎蝴蝶般的灵动和神秘，爱恨都有远远超出常人的敏感和强烈。爱上我、娶了我，你一定是丰富的，也一定是苦累的。

你我的爱，和凡俗每一对夫妻一样，有争执、有苦恼、有冷战，也有厌烦。然而，并不是所有的爱，都会有结局；并不是所有的有情人，都能终成眷属，我们，是何等有幸，能够每天在一个屋檐下吵吵闹闹、说说笑笑；能够在同一口锅里柴米油盐、家长里短；能够携手并肩、相依相偎，走在熙熙攘攘的人流里。

我是一个有着情感洁癖的女人，为了成就自己的完美情结，给你加上了很多异想天开的理想和苛求。你稍微的忽视、片刻的厌倦，稳固的爱便轰然倒塌，那一刻，怨恨、恼怒、怀疑、争吵，瞬间让爱成了一片瓦砾，一团乱麻。我知道那时的你，一定是气愤的、烦恼的。所以我说：夫君，委屈你了。

请允许我放弃我的苛求吧！低到尘埃里，柔到骨子里，只求，以温柔的情意、润泽的爱恋善待你。只求君心似我心，从此，我们在心静如水、平淡是真的日子里。

天亮了，太阳升起来了，爱可以化成珍珠了。从此后，学会在每一个不经意里，温柔微笑着看着你，感知你的快乐和烦恼，然后，恬淡而从容地说：哦，我的爱人，我们是一家人，我们在一起。相比虚无缥缈的理想和苛求，我宁愿跌回凡间，心如止水，做你朴素而无奇的灰婆娘，烧火、做饭、相夫教女、灯下写字、周游天下，我有一所房子，面朝闹市，春暖花开。

愿我今生可以做这样一粒珍珠，牢牢被你握在手心里。请答应我，我亲爱的爱人，让我做你的珍珠吧！就让这么小小的一粒，包裹你内心的丰富，温润你情感的干枯，只求，前世、今生、来生，都能够做你的妻能够安静地，看着你。如果你愿意，我愿意就这样平淡地陪你一辈子，到地老到天荒，到天涯到海角，到沧海到桑田，直到你终老而无法回忆。

有玉的女子

大凡有玉的女子，都有故事。

红楼梦中，林妹妹被宝玉问道是否有玉时，曾怅然若失地说："想来，那玉是罕物，岂能人人有的。"可见，有玉无玉，靠的全是缘分。有时，一块玉，就是一段刻骨铭心的故事。

年少时，她得遇良人，两情相悦时，那人赠她一只祖传的玉镯，和田糖白玉的质地，两段洁白与两段糖色你侬我侬、成双结对，寓意深远，雅然生趣。

彼时，正是若不痴情枉少年的时节，她与他爱得轰轰烈烈，大有非侬莫娶、非子不嫁的阵势。所以，对表示爱情信物的玉镯就爱不释手，每每微笑摩挲，心中的甜蜜四溢，便以为纵是天荒地老、沧海桑田，爱的心都不会变更，后半生的幸福，已被该君用一玉镯，就牢牢地套住了。

后来，因为别的女孩火热地追他，和他闹别扭，气急哽咽之时，她发了狠似的要褪掉那玉镯："还给你，你送给她去，从此后我一辈子不带镯子！"其实，那分明是在说："如果你移了情，我便还了你的信物，从此，再不动情，再不会爱上别的男人！"

那镯子实在太合尺寸，泪眼婆娑中，她的手被卡得生疼，还是没能褪下来。对面的那人，看得眼圈也红了，急急扑上来拦下："看看，摘不下了，这就是天意。何必呢？你放心，我的心里只有你。"

后来，大学毕业后，她与他天各一方，计划体制下，爱情终归打不过距离。缘分，滴滴答答，被耗着。再隔几年，各找各家、各生各娃，渐行渐远渐无音讯。那镯子，因为始终褪不下来，带着他给她留下的青春记忆，如影随形，不思量，自难忘。

她的外子始终不知详情，只道是她的祖传之物，没有留意追问过，夫妻恬淡相处，倒也相安无事。这如温吞水般的婚姻，于她，却正应了那句：纵然是举案齐眉，到底意难平。

转眼十年如梭，大学同学重返母校聚会。此时，她才知送镯子的人已远在大洋彼岸，也许终生再不得相见。杯盏交错之中，不知怎地，她就喝高了。室友宏的老公恰好同路公差，也随了宏来。他过来敬酒，看到了她腕上的玉，惊道："你的玉镯？"

竟然红了脸："是的。""和田玉？带糖？"她浅浅地笑着："的确！"他又细细看了看那镯子："成色不错！"然后，他回头招呼宏："宏，拿你的镯子来，很相像呢！"

大家的诧异中，她几乎惊呆了！宏一直藏在袖子里面的镯子，竟然真得和她的十分相像！宏也浅浅地笑了，朝她解释："结婚时，他送我的，当时我感叹万分啊，竟然和你的那么像！"她也笑了，带着苦涩，在宏的低呼中把酒杯换在右手，有镯子的手藏在身后，回了声"来，喝！"一仰脸，将杯中的酒，和着眼泪一干而尽。

宏的老公是开玉器店的，自然懂得玉，可他哪里懂得这其中的故事：当年因为宏对那送镯子的人也情有独钟，她急得无招才要褪掉镯子。宏直到遇见了自己的真命天子，才肯写信和她和好。这世上真有这样恰好的巧合？宏得到似曾相识的镯子时，是不是也感叹：这才是属于自己的玉缘啊！

玉的造化，怎能如此弄人呢！彼时，宏羡她有玉；此时，她却酸楚地羡宏，不单有玉，还有送玉的人相伴终生啊……

爱折腾的“二老”

父母老了，头发渐白，动作也有些迟缓了，可他们没事倒腾家的热情却一点也没见减。

子女们是早已成家立业、外出谋生了的。诺大的院落，二层外带地下室的楼房大半都空闲着，备我们逢年过节才回去住一两天而用，“空巢”的冷清也就这样如影随形，伴着二老的朝朝暮暮。

那天，父亲打来电话，家里热闹得很，说是小姨、姨夫都在，正帮着倒腾家呢！

忙问又倒腾哪儿啊？父亲说要把他的卧室搬到楼上去，隔潮、阳光。

楼上的房间原是哥哥的婚房，里面还放着一些他的旧家具。楼下的床、家具折腾上去，楼上的折腾下来或处理掉，工程还不小呢！

父亲说：“原来的处理掉，楼下的床也不搬了，我买了新的一套，连床带家具。”

挂了电话，想想父母退休后在这座院落里可是没少倒腾过，只大的装修，就有过两次。水泥地换成水磨石，水磨石换成地板砖，墙壁先是刷的白灰，后来是仿瓷涂料，现在是墙漆。家具也随着装修风格的不同，每次都跟着更新换代。

一般大的工程开始之前，父母便给几个子女打电话先征求意见。因为意见不一，他们有时还需要子女来评理公断。工程开始，子女们有空便回去看看，帮着搬搬，提提意见。工程结束，子女们回去，跟着父母挨个房间转着看着，听他们指指点点说着，哪哪是谁的创意，哪哪是谁的灵感，哪哪是在哪哪买的家具……看着焕然一新的家，看着父母颇具自豪和成就感的笑脸，子女们的心情也不由得就高兴起来。

平时，也走过很多老年人的家，看到大多数老人，有的还是些生活无忧的退休干部，他们家依旧用着几十年、甚至上百年的老家具，旧的木箱子、矮的小板凳、四方的餐桌、厚实的手工木床，总觉得心里会替他们有些缺憾：如此的一生，就是这样一成不变的模式，没有新，没有惊喜，家，还能有多少新鲜感呢？这心里，难道就没有过对自己的愧疚？

突然觉得像我父母这样的老人很懂生活。倒腾家，其实是个接受新生事物、跟上时代步伐、观念不被淘汰的学习过程。学习了，头脑就依旧灵活好使；倒腾家，其实也是老人锻炼身体的绝佳机会，活动活动筋骨，来回跑跑，血脉流通，有利身心；倒腾家，也是借机和子女、亲戚更多联络的契机，打发了“空巢”里几许的孤独和无聊，平添了很多的热闹；倒腾家，最主要的作用还在能够让家在变身中增添新鲜感，有助于丰富老两口的感情生活。即使说为了倒腾，二老因为意见不一打打嘴仗，斗斗气，可倒腾家也不是啥原则问题吧！又不会影响到家庭的大局和平稳。斗嘴，不也是老人生活乐此不疲的调料吗？

不由佩服起我的父母来，希望以后我老了，也能和他们一样，没事就倒腾房子玩呗，那多有意思啊！

人生路上，妈妈目送你

女儿：

自从你上了大学后，很久没给你写过信了。

昨晚在微信联系你，看到你忙得顾不上好好回答，于是，我想还是给你写封信吧！

当我提笔的时候，我不由想起龙应台在《目送》里曾经写过的话："所谓的父女母子一场，只不过意味着，你和他的缘分就是今生今世不断地在目送他的背影渐行渐远。"是啊，妈妈和同学、同事交流，她们说起和长大后的孩子的相处，也是深有同感的。

回想咱们母女这么多年来，妈妈扪心自问，算是个称职的妈妈。但是由于警察职业的忙碌，也亏欠你很多。我印象里，至今还记得你很感动妈妈的两件事。

还记得吗？你七岁那年，有天晚上，作为女警的我面临着一场严打统一行动，你没人照看，你爸爸在外地出差还没回来。眼看集合的时间快到了，不得已我把你送到了对门的邻居家，让你在那里先玩着，走的时候告诉你："妈妈大概凌晨才能回来，你困了就在阿姨家先睡，妈妈一回来就抱你回家。"出门的时候，你无助的眼神像锥子一样刺得我的心生疼生疼的，牵挂不停捶打着我的承受力。

战前动员会一结束，同事们都忙着做准备。我给你打了个电话，电话里，你脆声脆气地说："妈妈，刚才我给你写了一首诗，旁边还画了一幅画，是油画棒画的。"接着你在电话里，用孩子那种饱含感情的话语，绘声绘色学着电视上的朗诵腔调读起来：“《我画了一树梨花》，我画了一树梨花，把它送给我亲爱的妈妈，要是妈妈不喜欢它，我的辛苦就白费啦！我画了一树梨花，把它送给我辛苦的妈妈，要是妈妈现在在家，我就会很开心啦!”

听着听着，我的泪水不争气地掉下来，滴在我身上藏蓝色的警服上，我的嗓子哽得难受。

挂了电话，当时我心里不免联想了一下，每天不知道会有多少这样的警察的小儿女们，在他们的警察父母出差、值勤、值班、加班，不能回到家里享受天伦之乐的时候，他们就会在温馨的家里用那些小小的、透明的、纯真的心灵思念着、惦记着、想着。

还有一件事。那年，你八九岁吧？晚上曾像个小猫一样，偎在我怀里，有一搭没一搭地和我说着话。你说：“妈妈今天不去值班吗？”我说：“今天不去。”你问我：“妈妈，你知道你值班的时候，我在家想你了怎么办吗？”我说：“怎么办啊？”你说：“我要是想你了，就把你的枕头抱住，闻闻上面妈妈的味儿。”

从那时起，我才知道，原来母爱是有味道的呀，难怪连小小的婴儿都会那么简单地区分妈妈和外人的怀抱。

还有太多感人的细节。你曾经戏称妈妈不落伍，是你的闺蜜。愿我们珍惜缘分，这辈子好好做母女，好好做闺蜜。龙应台在那段话的后半部分这样写道：“你站立在小路的这一端，看着他逐渐消失在小路转弯的地方，而且，他用背影默默告诉你：不必追。”

女儿，在你跋涉在人生道路上时，妈妈目送你，而且，会一直目送着你。

谁把我的照片随身带着

不记得从何时起，日子成了这样，日复一日岁月静好。

不记得从何时起，爱情成了这样，年复一年平淡是真。

你，一个中年男公务员。

我，一个从警十几年的中年女警察。

我、你、女儿，组成了一个普通的家。

如流水一般，轻轻趟过我们指尖的、无声无息的，是我们的岁月、我们的爱情故事。

谁把我的照片随身带着。

那一天，那是怎样偶然的一个不经意之间啊！

那个夜晚，新年后一个普普通通的晚上，那时还上小学的女儿跑去翻你的钱包，只为了拆穿你说你钱包里没钱，无法给她买烟花的小小谎言。

当她像发现新大陆一样发现她父亲的钱包里夹放着母亲的照片时，她欢呼跳跃着举着钱包跑向我。

我不经意地拿过你的钱包随意的一瞥，映入眼帘的，竟是我的照片：

是我的一张彩照，你把它剪成身份证大小，放在钱包的透明塑料后面。

照片上的我，丰盈地笑着。拍照那时，我还在哺乳期，咱俩头一次领 4 个月的孩子去公园，你给我照的。

只是我不知道，你什么时候开始把我的照片随身带着，还放在这么醒目的会暴露在外人面前的地方。

我不知道别的男人看见了会笑话你还是会羡慕你，中国的男人们看起来似乎都是粗枝大叶、没心没肺而且难有柔情的。

那一刻，我的心在发颤，我的头也有些晕，我不敢去问你，不敢去看你，我低着头，搂着我的女儿，在心里甜甜地微笑、微笑……

曾几何时，世事的忙碌嘈杂、工作的压力重重，渐渐地把爱情挤到了生活边缘的角落，做警察久了，工作压力、生活压力接踵而来，我心理的线条似乎也变得越来越粗。不是说，我们警察这一行，是把女人当男人、把男人当铁人的职业吗？浪漫的风花雪月似乎已经成了遥远的童话，更多考虑的是尽忠尽职，不想让人家说：这人工作能力不行。

不知道有多久，我们每天除了家务、孩子、工作和人际关系的琐碎谈话之外，已不再习惯谈心交流。

我有多久没问过你的感受：苦不苦？累不累？甜不甜？顺不顺？

我有多久没看过你的表情：愁过没？喜过没？哭过没？笑过没？

那夜，我辗转反侧睡不进梦里。听着身边你均匀的呼吸声，在路灯散射的微弱光线里，细细地打量着你，你皱着眉，不知道为了什么事情在梦里还烦恼着，我的心刺疼。

我们的爱从哪里起航？

7 岁那年，我们一起上学的情景仿佛就在眼前晃动，那时小小的你知道吗，今生我会是你的妻？

17 岁那年，一向孝顺的你，因为母亲患白血病，发誓学医，考进医学院。那年，你我分别考上大学，同学话别时，我们目光对接，你可否有过微弱的电流？

18 岁那年，你的母亲被病魔夺去生命，失去母爱的孤独怎样伴着你在新坟前失声痛哭？

20岁那年，我的爱开始走进你的书信，长春光学精密学院和河南医科大学的信箱里，每周鸿雁传来的情书，后来是如何被累计成了厚厚的一本？

23岁那年，你我为了毕业分配到一起，曾经做过多少努力？曾经经历过多少磨难？

25岁那年，那个雪后初霁的元旦，我穿上红嫁衣，做了你的新娘。

27岁那年，爱情的小结晶降生。捧着孩子的小身体，你一声声的乳名轻唤，让我陶醉于幸福静观。

30岁那年，你我双双变换单位，投入案牍之劳的文字工作，成了别人口中的一对儿才子才女。

40岁那年，女儿也在报纸上发表作文了，她发表的第一篇作文，题目叫《爸爸陪我学钢琴》。

最大的缘分

还记得那一夜吗？电闪雷鸣。上高中的女儿已经外出求学，我们又回到了二人世界。屈指算来，今年的我们，怎么都已经结婚18年了！

那一夜，我迷迷糊糊被你敲醒。加班回来的你说："老婆，今天我在单位震倒了一大片人呢！"

一向帅气的你，又被哪个大姐调侃了吗？你说，今天下班后和同事们在电脑上玩一个测试男女缘分的游戏，我和你，竟然得了105分，满分才100！电脑记载，这是它测试过的最大值。同事们都稀罕地问为什么？我说你们谁和那口子是7岁就认识的？如果是，这个分该你得！

你还说："这辈子就冲这个最大的缘分，我们要好好执子之手、与子偕老。"

这话说得我睡意全无。一个小小的八卦，你竟然如此开心，男人啊，有时候真是孩子！

你这个一贯不善言辞、不解风情、书生气十足的家伙，却通过一个小小的电脑游戏，流露出了你平时很少流露的对家、对我的在乎。

我想起了一句话：人世间能够做夫妻，其实就是最大的缘分。

假如有来生

算来，至今认识你都 36 年了。日子里那么多苦恼、争吵、怄气、冷战；那么多职责、劳累、压力、忙碌……我以为你的爱、我的爱早已经锈迹斑斑、平平淡淡，不会再有一点星星之火可以重新燎起爱情的荒原。

可是今天，我在暗夜里静静地问自己：谁会把我的照片随身带着，陪伴着他的风雨兼程、苦乐酸甜？谁和我演绎最大的缘分，我的爱会给谁如渴需要，会滋润谁的心田？谁和我拥有了一个共同的天使宝贝？她的血液里，流淌着回汉两族浓浓的爱情。

假如有来生，让我来做你的夫君吧！我要把你的照片也随身带着，继续和你演绎最大的缘分，我的肩膀也要为你挡风遮寒，就让你也做个在灯下悠闲写诗的小女人吧——心情温暖一如春天……

母性的光辉

地震那一天，正是母亲节的第二天。

从地震那一刻起，那些母性的光辉就一直闪耀在九州大地所有人的心里。

那是一位年轻的母亲，至今，人们还不知道她的名字。抢救人员发现她的时候，她已经遇难了，是被垮塌下来的房子压死的。她双膝跪着，整个上身向前匍匐着，双手扶着地，支撑着身体，身体已经被压变形了。

在她的身体下面，躺着她的孩子，大约有三四个月大。因为母亲身体的庇护，喂养得很好很富态的孩子毫发未损。被救出来的时候，他还安静地睡着。他的小襁褓里，塞着一部手机，屏幕上，是一条已经写好了的短信："亲爱的宝贝，如果你能活着，一定要记住，妈妈永远爱你！"

那，也是一位不知名的母亲。都江堰河边一处坍塌的民宅里，一幅令人震惊的场景出现在数十名救援人员眼前：年轻的妈妈双手怀抱着一个三四个月大的婴儿蜷缩在废墟中，她低着头，上衣向上掀起，已经没有了呼吸。她怀里的女婴依然惬意地含着母亲的乳头，吮吸着，红扑扑的小脸与母亲沾满灰尘的双乳形成了鲜明的对比。救援人员把女婴抱开来，她这才哇地一声，惊天动地地哭了起来……

29岁的蒋小娟，是江油公安局的一名民警。同样的，她也是一名六个月大的男婴的母亲。地震后，她的家也成了危房，她把儿子送到乡下婆婆家，依然忙碌在灾区的治安工作里。

那天，蒋小娟来到灾民的帐篷区，看到有几个婴儿因为不习惯吃稀饭，饿得哇哇大哭。一名婴儿的母亲在医院抢救，一名婴儿的母亲因受惊吓没了奶水。“他们三天没有吃奶了。”蒋小娟解开警服的衣衫，左边乳房一个，右边乳房一个，这些与她素不相识的孩子，终于吃到了母乳。

蒋小娟说，喂着灾民的孩子，就像在喂自己的孩子一样！后来，江油公安抓到一伙拐卖婴儿的嫌疑人。被拐的五个婴儿不哭不闹，因为他们有个好心眼的“警察奶妈”，天天照顾着他们，天天给他们吃母乳。

还有她，一位不知名的母亲。地震时，她正在家照顾两岁的儿子。大楼摇晃时，她从四楼家里跑出来看发生了什么事。当她已经跑到了二楼，离安全只有一步之遥了，当她得知是地震时，又跑回四楼去抱儿子，结果，母子均被倒塌的大楼压在废墟里。

她、她、还有她，她们有一个共同的名字：母亲！她们的身上，都有在危难时刻迸发出来的——母性的光辉！

我，也是一个母亲。四川地震那一刻，强烈的震感也袭击着我在五楼的家。我的女儿当时在卫生间。家里的地板左右摇摆，我觉得头晕目眩，怎么也站不稳。女儿在里面惊呼：“妈妈，是不是地震了？”我恍然大悟，立即奔到卫生间门口，用力敲着门：“快开门，让妈妈和你在一起！”后来，余震过去了，送走上学的女儿，我恍惚地看着大街上的人们，这时，我接到了老公的电话：“你们怎么样？”我一下子哭了出来：“孩子那会儿还在卫生间，我不能一个人跑，我要和她在一起！”

虽然和文前所提到的那些母亲相比，我所做的是渺小的，微不足道的，但我也依然是一位母亲，也有母性的柔软和光泽。

母爱，有时也许只是出于一种本能，一种舔犊情深。但母爱的力量是伟大的，母性的光辉是璀璨夺目的。在此，为天下所有为人母的女人祈福：母子（女）平安、幸福一生！

奶奶的地里、炕头和灶台

奶奶去世已经 24 年了。她是那种最典型的中国农村传统主妇，地里、炕头和灶台，就是她兢兢业业从事了一辈子职业的地方。她多舛的人生如果说还有一丝诗意，那必定是对待苦难、变故、劳作的淡定、从容和韧性。

奶奶不高，大约还不到 150 厘米。小脚，清瘦。性格善良、柔顺、勤劳、贞洁……那些所有中国传统观念里妇女的美德，应该都体现在毫不起眼的她身上。

黄河流域，不识字的妇女大多以粮食、菜为名。奶奶的大名就叫李白菜。奶奶九岁当童养媳，十四岁圆房，生下爸爸和姑姑后，再无生养。因为，爷爷当兵去了。爷爷跟着共产党的部队打到陕西，后来腿冻伤，留在老乡家里养病，并和那家的女儿结了婚。生育了孩子没有，我不得而知。从没人问及。

奶奶守活寡很多年，侍奉公婆，养育儿女。母子们种地卖菜，养家糊口。我父亲从十四岁就挑起了卖菜的担子，代替爷爷成了家里的顶梁柱。

我三岁那年，那时，老家只剩下奶奶一个人留守了。奶奶已完成了给公婆养老送终，给儿子成家立业，给女儿找到工作的任务。那年，算命的说：这老婆是铁扫帚命，苦得很，本该享福了，还不行。我站在祖屋的院门口，看见一个老头走进来，推着当时很难见到的自行车。他停下来问我：你认得我吗？

这是我的爷爷。他从陕西回来，带着他失踪这些年唯一的家产。至于他是怎么离了婚回来，怎么不被奶奶接纳，家族长辈怎么轮番说和，奶奶怎么答应，我都忘记了。只记得姑姑在后来二十多年里，只在他葬礼上喊过一声爸。传统，是奶奶的命。接纳她唯一的丈夫回家，是她的天经地义。

爷爷回来没半年就瘫在了床上，每天最多能拄着拐从炕上坐起，下地，吃饭，挪到大门口闲坐。奶奶也有怨气，记得每逢吃饭，她总是最先把爷爷的饭菜盛好，然后，绷着脸对我说："端去!"待爷爷动筷，才轮到大家摆饭上桌。

老家有地，奶奶能干时，在亲戚的帮衬下，还种几分麦子、菜、谷子或玉米。印象里，奶奶的手几乎没离开过活计，她纳的鞋齐齐整整，缝的衣服针脚细密。炸的糖糕、油条比街上卖的好吃。每年腌一缸柿子醋、一罐咸鸡蛋和一罐糖蒜。她最拿手的饭菜是焖粉肉、冻肉和浆面条。用艾蒿熏蚊子，认识所有野菜，会炒花生、面豆，蒸的一手好馒头……

奶奶一生柔韧善良，不求人，不亏人，从没和邻里吵过架，红过脸。可我曾目睹她在煤油灯下嚎啕大哭过，两次。

爷爷回来十四年后，去世。奶奶跟我们去了城市，再六年后，奶奶去世，享年 68 岁，全村老少都来给她送葬，1990 年，暑假，曾经和奶奶一人一头用扁担从村口的机井往家抬水。那硌在肩膀上的生疼，像极了奶奶的命……

错过生命中那场雪

一

如果没有那次大学同学聚会，强究竟过得怎么样，我丝毫都不会知道。

毕业 8 年了，大家重新回到东北的这个校园里，正是个初冬。

每个人似乎还是刚出校门的样子，每个人又似乎有了很多的不同。多了的是脸上的一点沧桑吧。

唯独没有强。强毕业后就几乎和大家都断了音信。我猜想他是刻意从同学中消失的。也许，他是想让自己像多年以前的一场雪，在湿过记忆的地皮后渐渐挥发不见。

我大学里的死党月华毕业后留校工作了，所以她是筹备聚会的主力。她在开场白中给同学们解释说，她给强原单位的人事部门打了好几个电话，人家只说他辞职去南方了，别的详情不知道。

我知道我心里想知道这些，但我假装听见有关他的消息时无动于衷。尽管，月华是我的死党。

最后的一曲华尔兹了。月华绕过那些旋转着的身影，悄悄走向缩坐在角落里的我。她关切的目光彻底击中了我的自卑。

作为一个刚刚告别婚姻的女人，我的坚强在我竭力支撑的冷傲里轰然倒塌。

月华在我耳边说："强原来单位的人说他去了深圳，具体单位在这个纸条上。"她把纸条不动声色地塞进我的手心："茉莉你就别再那么倔强了，没有太多青春再让你恣意挥霍了。找找他，也许有机会。"

那一刻，没有人注意到角落里我们的举动。

突然的恍惚中，我记起多年以前强也是在一场舞会后，不动声色地塞给我一张纸条……

月华小心地看着我的脸色说："听他原来单位的人说他好像还没结婚。但我实在尽力了，这家企业太大，我问过人力部好几次，人家都说没法查。"

原本以为我和强之间的往事早已像大学时遇到的那些雪一样，被风尘扫尽。代替翩翩起舞的洁白花朵的、清楚可见的是浮躁人群在尘世欲海里的挣扎。那些过去的故事渐渐凋零，我唯一把握到的，就是手上这张攒成一团的小纸条。

坐在返程的火车上，我又打开那张纸条扫了一眼，上面写着的是一个国内知名的通信企业。作为女警的我，想找到他有工作上的便利。出于私心，我盼着找到他。

外面的田野上，干涸的麦苗正在等待它生命里必须的一场雪。

二

我和强是大学的同班同学，和他真正地熟悉却是在上大二时的一次班级迎新春舞会上。在我们上学的那个年代，理工大学里，男女生之间交往并不密切，有时在路上偶遇，也是各自昂着头匆匆而过，谁也看不起谁的可笑样子。

其实舞会那晚，强并没有给我留下太好的印象。他是从一个偏僻的小山村考来的。记忆里，他总是穿着一件盖过屁股的滑雪衫，里面再套上手工做的棉袄。东北的冬天长，滑雪衫是那种叫晴纶棉的东西填充的，一点也抵抗不住东北的寒风，所以他要在里面套上棉袄，而且滑雪衫的腰带也被他紧紧系在他的粗腰间，突兀地显示了他的土气。

但强在外表的土气之下一直是上进的，他的学习一流，他的奖学金经常在班里拿的最高，当然助学金他也拿的最高。他是我们校辩论队的队员，擅长穷追猛打式的抬杠，一个很受低年级女生瞩目的人物。不过，他的土气，他的繁忙，他的夸夸其谈，他的高高在上的学习成绩，使我总在不经意中刻意躲避着他。

昏暗的彩灯下，他佯装绅士地走过来请我跳舞。在我起舞的那一刻，我感觉到身后盯在背上的一些女生们的眼睛。我在女生的注目礼中，脸发着烧，不知道他笨拙的舞步会给寝室的卧谈会增加多少笑料。后来，我才知道，强早在上大学不久的一次班级晚会上，在听我朗诵了一首自己创作的散文诗后就喜欢上了我。只是，我并不知道。也许我是故意不知道的，那时候，我发疯似地爱着文学，满脑子都是风花雪月的浪漫和浮躁，谁会把他这样一个纯朴的男生放在眼里呢？

舞曲结束的时候，他一直放在我腰后的右手扶了我一下，把我送回座位里，在我的手里，多了一个东西，我摸索了几下，断定，那是一张纸条。

楼后有一个大操场，正是深冬，漫天飞舞的雪花洋洋洒洒，平添了很多浪漫的气息。那时，我们是多么渴望浪漫的一群人哦！

强的纸条上写的是：到操场去，我有话跟你说。

强在呼啸的北风中站在操场的边缘上。雪细絮似的，飘得有些肆意又有些压抑。我们就那样无言地站了一会儿，看着远处的楼房与身旁的枝桠被飞雪妆缀成白茫茫的一片。然后，他终于对我说：“以后我们有了自己的孩子，一定带他（她）回来看看东北铺天盖地的雪，这里是他（她）诞生的起点。”我没心没肺地瞥着他说：“你凭什么自说自话呀？”强说：“给我机会，我一定让你爱上我。”我说：“我冷，我得回去了。”说完我自顾自地跑开了，把他留在那些飞舞的雪花中。

强本是大山里的儿子。从一个偏僻的山村走向这所校府，他付出了比我们这些城里人更多的努力和磨难。强更是个有着远大理想的人，有些年少轻狂和霸气，在当时我的眼中，那是大男子主义的表现，有些荒唐和浅薄。

在有他的那些日子里，我无由地快乐着。原本能言善辩的强倒是敛了锋芒，总是温情脉脉地偷偷看我。骄傲与狂妄在我心底萌生，而他眼底的星火也将我的浪漫情怀付之一炬，我生命中最初恋情的萌芽就这样别扭地生长了起来，那种感觉不如说是被人爱着的张扬更贴切。

三

寒假返校，我在一个早上，疲惫不堪地出了长春的车站。刚走出来，就见强站在出站口，穿着件军大衣，头上裹着个棕色的围巾，嘴冻得乌青，土得掉渣。

他接过我的包。我奇怪地问："你怎么在这儿啊！"他所答非所问地说："天冷，我在候车室里待着，出来一辆车我才过来，所以还好没冻死。"

坐上公交车，车上挤了一些赶着上班的人。我靠在栏杆上，强凑上来敞开军大衣，用他的双手圈着我，虽然很近，但保持着应有的距离。他高大笨拙的身躯挡在我的后面，周围的人丝毫挤不到我。这让我稍微有些温暖，很多年后，那幅场景再未遇过，而我竟终不能忘。

回到宿舍，经过了36小时火车上的颠簸，我闻到自己身上浓烈的民工味道。这使我无比烦躁。对门的月华一听我回来了，马上跑过来找我。

她羡慕而神秘地说："茉莉你见强了没有？他天天早上去接你呢！"

我吃惊地说："我从家到北京，从北京倒车再到长春的火车，每天那么多趟，他怎么知道我几点能到？"

月华说："他查了你们河南的车次，判断出你该倒北京来长春最近的是哪几趟车，基本上都是大早上到。然后就提前返校，天天起大早赶公交去火车站接你。”

我目瞪口呆地说：“他疯了吧！这个天，呵气成冰的。”

以后的几天，他经常来我宿舍找我。有一天，月华告诉我，辅导员私下问她了，问强和茉莉到底是怎么回事？强没课就整天泡在茉莉宿舍里。

我终于忍无可忍，我质问月华：“我能和那样土气的人谈恋爱吗？不如你杀了我吧！”

月华沉吟了一会儿说：“你这样不好，你最好和人家说明白。免得人家……”

我气冲冲地说：“你去说吧，我对他没感觉，永远也不会爱他，叫他死了这条心吧！”

我不知道月华最后是怎么和他谈的，反正后来在各种场合再见到他，他总是一副冷冰冰的面孔，埋头读书，很少在大家面前嘻笑，话也明显少了。

我自恃冰雪聪明，知道一切都结束了，他认真许下的诺言，在有雪的晚上，关于孩子的诺言，像雪花一样融化了。那时，我们毕竟也还是孩子。

雪义无返顾地下了。命运也义无返顾地张开了它的巨掌。

四

就这样，一直到毕业，我在其后的青春岁月里，不可救药地陷进了一场单相思，把自己无限的愁绪献给了一个喜好研究哲学和易经的男同学。我被自己所迫，数小时地坐在他面前，虔诚地听他和我谈弗洛伊德，谈孟德斯鸠，谈苏格拉底，谈人性的自我和本我……为那些思想的深度而崇拜得五体投地。然后再虚心接受他的批评，说我买的书根本不适合我，女人根本不懂哲学。

毕业前夕，当我结结巴巴向他表达了我的崇拜和感情后，我的初恋被他轻蔑的一句“不合适”彻底打入了地狱。毕业以后，我再无法在自尊中回味我的暗恋。

聚会时再看到他，我也很奇怪，自己怎么会爱上过这样一个神经兮兮整日钻在易经里，在现代文明如此嚣张的年代，还靠给无聊之人算命打卦来维持生计的人。反正“青葱”岁月里的事谁也说不清楚，谁叫那时太年轻呢！

毕业后，还没有从失恋中醒过来的我，急于拯救自己似的，仓促地迈进了一场婚姻。这场短暂的婚姻维持了不到五年就土崩瓦解，除了三年来的孤独和寂寞我依然一无所有。所以我和别人不一样，那些我爱过的人——包括那位靠算命维持生活的同学和我的前夫，早已在我的记忆中风蚀了他的魅力，记起他们除了很多难以消化的挫败感以外，别无他物，而我又不喜欢自残，倒不如彻底丢了他们。

那些爱过我的人，却被深深刻录在我生活的操作盘上不肯离去，即使格式化硬盘N次，他们依然顽固地保留在我的系统里。原因只有一个，人都是自私的，希望被重视的。这些惦记，就像花园里滋生的杂草，岁岁年年，越拔，却越显旺盛。

不能不说，这个时候的同学聚会赶得恰到好处。大家的近况怎么样成了聚会最主要的话题。毕业8年中，每个人都在忙着，体会着成家立业的艰难，谁也顾不上谁，几把辛酸泪之后，日子渐渐显现了它的平稳和小康。似乎每个人的家庭都还好，除了我，还有强。他为什么单身？活得怎么样？没有人能给出答案。

五

我们警察内部有个工作网络，我们习惯叫它公安内网。

在公安内网上，在某个城市的户口查询上输入一个人名、加上他的性别、他的年龄，就可以得到这个人的户口信息。我们经常用这样的方式，帮助人们找他们失散的亲人。知道城市名，他只要不改名，查寻他只需几秒钟，很方便。

这样，我很快查到了强的户口信息。

那上面，他的照片清晰可见。相比上学时，他成熟了很多，西装领带，庄严的表情，丝毫没有以前那个土气愣小伙子的样子了。

他在深圳的那家通信企业所属的一个分公司工作。很快，我留意到，他的婚姻状况一栏处写着：未婚。

月华说也许还有机会的话开始在我耳边嗡嗡作响。听她说这个话的时候，我并没敢抱太大的希望。现在我的希望像火苗一样，腾地一下就被点燃了。

好像我查找他，就是为了等待这一刻。

我静静地望着强照片上的眼睛，我对自己说：为什么人总是在得到的时候不懂珍惜呢？要不，生命里那场有关东北的雪，有关孩子的雪，早就下了吧？

然后，我只需通过114查号台就轻易查到了他单位的总机电话。

打通了那个电话，从他的部下那里问了他的办公室号码，他已经是这个分公司的副总了。他是上进的，拥有这样优秀的前程并不意外。

我说："谢谢，我打他的办公室好了。"

他的部下听了我的话，补充说："强总应该不在办公室，他刚结婚，出国度假去了。"

窗外，不知道什么时候，天开始纷纷扬扬飘起了雪花。今冬第一场雪一飘下来，就是大片大片肆意地张扬着，街上的人流少了，车也变得行色匆匆，雪越来越大……

打开窗户，我把写着强电话号码的纸条撕成碎片，扬手丢在那些雪花中。

我想起来，深圳根本就无雪，关于雪的童话又如何会上演在那个温暖的地方呢？

回头想想，也释然，其实我早已错过了那个人、那场雪。也许，人生中注定有一些错过，错过了就意味着已经失去了，无所谓早与晚，无所谓正好赶上抑或只差一步……

在冬天里想念一场雪

这个冬天的第一场雪，比以往时候来得更晚一些。不止是晚一些，而是一下子晚了将近两个月了。

这似乎是个遥遥无期的等待。每天早上，我走在上班路上的时候，霞光披了一身，天空瓦蓝瓦蓝的；每天中午归家，阳光像热恋般一样，暖洋洋照在我的心上。每天晚上，守着电视台的天气预报，看到新疆下雪了，东北暴雪了。可是，最中部的大半个中国，却日复一日的无一片雪。

一天一天的朗朗晴日，一周一周的阳光灿烂。气温有时像春天，有时又像秋天。甚至连羽绒服都没机会穿过。

转眼将近两个月过去了，连一片雪花的影子都没见过，心中不免生出丝丝的想念：雪呀，你什么时候才肯姗姗而来呢？

这样想念的，估计还有田里的大片麦苗，甚至，她还必定是渴望——在干渴中盼望。瑞雪兆丰年，这以麦子为主产的农业中部，没有雪可待如何？

想念雪的时候，就时常会伴着屋里四季如春的暖气，任思绪恍恍惚惚：回忆小学时背诵过的“原驰蜡象”“银装素裹”和“大雪压青松”；回忆小时候瓦房檐下细细长长的冰吊儿；回忆球场上，哥哥一个人那么奋力才推滚出的硕大雪球；回忆巷子里，和妹妹堆出来的长着红辣椒耳朵、胡萝卜鼻子、黑石头眼睛，带着毛线围脖的小丑雪人；回忆在东北读大学时，经月不消融没膝的大雪、经月不消融糊满了窗户玻璃的厚冰……

作为一名警察，有时候对生活的要求并不太高，犹如对雪的期待。太大的雪容易成灾，给我们带来职业上的忙碌和劳累。比如高速会封路，各种大车小车会翻山越岭走普通道路。饥饿、寒冷、拥堵、抛锚……世界因大雪而混乱，警察这个职业的人更有责任为人排忧解难，战斗在风雪第一线。所以，盼雪，只盼一场叫雪的雪就好，可以很小，细粒地洒下；可以不长，一天即可；可以积盖，但一天即化。这样的雪真好啊，既满足了对雪的念想，又不至于给生活出行造成长时间的困扰。

最好有那么一场酣畅淋漓、而又懂得适可而止的雪。那天，会比往常有更加安静的夜、更加安好的睡眠。清晨，被孩童们欣喜的声音吵醒，他们撒着欢在喊：“下雪了，好大的雪啊！”于是在他们的尖叫和欢笑声中赶快起床，甚至不等穿好衣服就跑去掀开窗帘的一角，果然看到房顶上，院落里，远处的山、近处的树，都盖着厚厚的、绵绵的雪被。天空中还纷纷扬扬地飘洒着大朵大朵的雪花儿，跳着既整齐又自由的舞蹈，纷纷奔向大地母亲的怀抱。好一个洁白的世界，好一个纯粹的世界，好一个精灵的世界！

踩着嘎吱嘎吱的雪，伸开双手小心提防着脚下的滑溜，走在上班的路上。一路中，充满欣喜地看学生们互相丢着雪球，看家长拖着小板凳、厚木板自制的雪橇载着小小的幼童，看马路上打着喇叭小心翼翼行驶的车子。雪花在头上、肩膀上亲着吻着，很快堆积成一片。在雪的王国里，连呼吸都那么飘逸和浪漫，伴随着步伐的紧凑和缓慢，一缕缕热气飘散在左边、在右边，或者在身后消失不见。

喜欢在大雪来临的时候，结伴跑到黄河边的湿地公园，看雪落黄河的壮观和醇美。喜欢端起相机，拍拍雪中的母亲河、雪中的草坪、雪中的山和雪中的树，还有雪中微笑的自己。

那么喜欢雪，还曾由衷地庆幸过生活在一个四季分明的地方，每年可以享受到分明的四季。可是，此刻，我却不得不在这样一个冬天的午后，一边任阳光洒在我的面颊上、书桌上、键盘上，一边在心里，很想念很想念一场雪……

心无尘

有一天，我有事去找一位领导。领导正在批阅文件，让我等他几分钟。

我便打量起他办公室的布置来。在他办公桌正对面的一面墙上，有一幅字，上面写着三个大字："心无?"——第三个字写得很复杂，我不认识。

闲暇的几分钟，我不免猜想起来。作为充满人生哲理和启迪的座右铭，这第三个我不认识的字，应该是什么呢?

我开始了"填字游戏"。"心无欲"? 字意不雅致。"心无望"? 道理说不通。"心无壑"貌似太随意。"心无念"? 似乎更不妥……这第三个字到底是什么才好呢?

领导忙完了。我按捺不住好奇心，不禁问他："上面的这幅字是心无什么呢?"他说："尘。这是繁体字的尘。"

一刹那，突然开悟。是了，还有什么比"尘"更妥贴的吗? 还有什么比"心无尘"更寓意深刻的吗?

心无尘，不染纤尘的心，才宁静、才本真、才平和，才宠辱不惊，才举重若轻啊!

心无尘，是一种追求，更是一种境界。一位很会生活的友人常对我说："有心即一切。"细细想来，可不是吗? 境由心生，有什么样的心就有什么样的世界，有什么样的心就有什么样的人生。

可见，心灵对于人来说是何等重要的内在土壤，人的精神、智慧、品位、道德无不植根于它，被滋养、被浸润，开花结果、拔节成长。

作为警察，每天遇到的人和事形形色色、林林总总，要面对混乱、罪恶、伤害，甚至人间的生离死别或跌宕起伏，一颗富含阅历、饱经风霜的心灵又如何能做到不近尘、不染尘？

既然职业压力重重，生活紧张烦乱，心不蒙尘几乎成了奢望，那么，我们是不是至少可以做到对心灵“时时勤擦拭，莫使染尘埃”呢？挥一把无形尘拂，享一刻心灵沐浴，掸净心灵的尘埃，定期清扫不良情绪，洗涤消极积淀，还心灵一方净土，让它在阳光下自由呼吸、浅吟低唱。

掸净心灵的尘，是见识，更是层次。世事多艰，路途陡险，掸净心灵的尘，以处子之心善待生活，以少年情怀享受快乐，以无瑕思维感恩命运，以纯真信念追求梦想。心若无尘，则时时是良辰，处处是美景，生活，就真到了游刃有余、胜似闲庭信步的境界啊！

陌上野菜又青青

又到了野菜青青的时节，陌上，星星点点的绿慢慢蔓延着，侵染着，层层片片铺开，给远的山、高的塬、平的田，齐齐换上了新装。这绿，颇像弥漫的乐曲，静静流淌着，春日的交响乐。

周日，艳阳高照，恰是雨后初晴，雨后的天空显得格外清澈碧蓝，像刚被刷洗过一样纯净。春风柔柔地吹在脸上，暖洋洋的，再无一丝乍暖还寒的清冷。

春天真的来了。和往年一样，春来的时候，总不忘提醒自己、亲朋和好友，一定不要疲于奔命而错过了它的穿越。因为错过了这一季的春，虽说桃花败了还会再开，燕子去了还会再来，可野菜再青，花儿再红，却是下一年的客了。

一直以为，挖野草，也是感知春、享受春的一种踏青方式。留下已是初中毕业班的孩子在家，我和老公换上休闲的衣服鞋子，带着挖野菜的家什就出发了。说是家什，其实也不是什么专业工具，无非炒菜用的锅铲、吃饭用的大汤匙。

很快，我们就缓缓爬上了位于小城之南的小山上。陌上，果然已是桃红柳绿的热闹景象，垂柳携着一条条缀着小绿花的辫子摇摆着轻盈的舞蹈；梨花、杏花、桃花、樱花更是争奇斗艳，分外妖娆；一汪汪春水也变得格外含情脉脉，在阳光下闪着勾人心魄的光芒。树下、路边、岭上，各式各样的小草都争着探出头来，伸展着腰肢舒服地盘踞在自己的地盘上，或挺立，或匍匐，千姿百态，迎风荡漾。

那个颇具规模的小树林就是我们每年挖菜的根据地。一到那里，我们就急急地甩掉外套挂在树枝上，弯腰、蹲踞、左顾右盼，细细寻找着脚下的目标。

也许是孩童时吧？也忘记了到底是从祖母还是母亲那里学会了认野菜，面面条、白蒿、荠荠菜、车前草、蒲公英……每每看到这些自生自长自在逍遥的野菜，心里总是充满了感恩和欣喜，不由人要感谢上苍，想要问问它，是何等朴素又无私的灵气汇聚在一起，才滋生出这大自然恩赐的礼物，无名无容，与世无争？野菜无语，只在陌上，自是千姿百态又安静祥和。哪位哲人说过，真正的快乐都是免费的。挖野菜，就是在春日里享受免费的快乐。

《关雎》里说“参差荇菜，左右流之”，描绘的是青春女子在明丽春光中轻快地挖野菜的妩媚形态。我虽然早已不再青春，但在挖野菜中活动活动久坐伏案的腰腿，消耗身体多余的热量，满眼都是天蓝、草绿、花红的纯净和安详。心灵，也不由地抛却了浮躁和焦灼，任世间多少压力和烦恼，都服帖下来，归于平和宁静。

被我带回家的野菜们，经过精细地择洗，或是上笼做蒸菜，或是下锅煮面条，又或是拌馅做饺子，甚至是只做成一碗野菜汤、一碟凉拌小菜，都很好吃。一直喜欢吃蘑菇、蕨类和野菜等耐嚼的菜肴，青涩、粗粝又很筋道，后味又带着一股清香，一如年轻时的恋情，人到中年再细细回味、咀嚼，倒真是别有一番清香在心头……

坐上火车去远行

前日，本地作协的主席姐姐打电话来。电话一接通，她就问："去拉萨了？"我一愣："没有哇！"她说："你不是坐上火车去拉萨了吗？"

释然微笑，原来是我的手机彩铃《坐上火车去拉萨》。

想想，当初之所以选择这首彩铃，一是还从没去过拉萨；二是，如果去远行，我首选的会是火车。

当然，这和经济基础的关系也是密不可分的。平生仅有的几次飞行，在我的旅行史上实在属于个别现象。除此之外，其实是因为我很喜欢坐火车远行的感觉。

第一次坐火车，我都已经十八岁了。这第一次，就一下子坐着火车跑出了几千公里之外。是去东北，去完成我生命中很重要的一段历程——上大学。

那四年里，每一年我都要坐着火车在大半个中国穿梭四趟，十足地过够了坐火车的瘾。学生时期，穷，家又在县城，卧铺票少而贵，是想也没想过的。从家到北京中转签票，再到长春我的大学，三点连接两个半程，组成了我那些年的似水年华。除了学校统一订票的半程，行程几乎没有有座的好运气。这样的旅途，劳顿不堪是难免的，有时候站在火车上的人堆里就会打盹。打盹的时候，非常盼望时间过得快一些，好早点见到一张床。那些火车上的日子，虽然很苦很累，但总是和一些青春的回忆牵扯不清。如今回想起来，倒是十分地想念和留恋。

参加工作后，几任工作岗位的出差机会都很少。即便如此，我还是坐着火车跑了全中国很多地方，这其中，自费旅游占了多数。

喜欢坐火车远行的感觉，背着简单的行囊，或带着孩子、或独行，早早在候车室候着，听播音员柔软而甜腻的声音，感叹自己的车晚点了，或者欣喜自己的车检票了。上了车，安顿好行李。坐着，看窗外的景色一桢一帧地往后跑。路途中那些一闪而过的地点，历史上曾发生过怎样的征战和灾难？曾流传过怎样的千古佳话，曾诞生或养育过多少名留青史的著名人物？于我生命中，又会是多少次和它擦肩而过呢？躺着，会伴随着“哐齐哐齐”节奏感极强的背景音乐，随便翻一本书，睡一阵觉，发一会儿呆，什么也不用想，什么也用不着牵挂，工作、家事、情感纠结，都在这样平淡简单的一路旅途中，洗去了嘈杂和纷乱。遥遥的目的地终于到了时，只觉岁月静好，现世安稳。

喜欢坐火车远行的感觉。站台上，看着周围来来往往的旅人，猜想他们是去打工、去探亲，还是去旅游呢？车厢里，和形形色色的陌生人有一搭没一搭地扯着闲话，和推销货物的、或者路过的乘务员开轻松的玩笑，谈论八卦消息或者家务琐事，互相让水果饭食，互相戒备猜测。聊得多么投机热闹，谁到站了，便从此天涯陌路。与他或她的缘分，就这么简单，虽前世修了百年，却才换来今生的同车一度。

喜欢坐火车远行的感觉，远方的目的地或是风景名胜、或是工作业务的聚集地、或是亲朋好友的所在，无论是什么，还是慢慢靠近比较好，积攒些念想和盼头，不像飞那么突兀，没有思想准备的见与不见，于景于人，都可能酿成不防备的茫然。

很久没有坐上火车远行过了，心里的想念泛滥成河。如果有机会再次远行，一定选择，坐上火车去……

深秋的遐想

秋天，和别的季节一样，也拥有多个节气。

立秋，不过是痴迷夏天的多情少年，还保持着那份火热和已经到末尾的伏天纠缠。处暑不消说，不过象征着天真的要凉了，不像立秋，每到中午还要狐假虎威好一阵子。接下来白露要为霜，要有露珠的晶莹剔透，雨在这时，便极为配合地多了起来。秋分是大自然专门给南方的福利，“分”这个字也公平，这一天的昼夜等长，仿佛造物主在说，看！我对你们的爱，有一样的厚薄。寒露比白露酷，单从字义上就看出了寒意。它在呼唤霜降，完成从凉爽到寒冷的进程。霜降了，冬天就真的如约而至了，再往后就是冬天的天下了。

我很少真的留意节气，只是在每个节气来时，附庸风雅地叹一句，又一个节气到了，日子过得真快啊！当然，我也不留意那些舶来的圣诞、万圣、情人节之类，感觉有画猫难像虎的局促。可每年一到秋天，一年才不过刚刚开始却马上要面临结束的感慨，就会在我脑海里循环播放，尤其到了深秋。

深秋，是最干净的季节，即使满地落叶不扫，看着也是干净。去年此时，正在鲁院学习。鲁院西墙内种有一排长长的杨树，渐已深秋，落叶纷纷扬扬归根。鲁院的清洁工是不扫这些叶子的，我们每天出去又进来，散步又晒太阳，踩上去，听咔嚓咔嚓的叶子的脆响，看叶子飘飘漫过脚背，我们就说，鲁院肯定是刻意不扫这些落叶啊！看鲁院多有意境！如果没有雾霾，蓝天也是，真是如洗般干净。深秋，也是银杏的季节。银杏的金黄是最干净的金黄，这一点只有油菜花的黄能勉强比得上。可油菜花的黄艳、淡、浮，又带些腻，没有银杏的金黄沉稳。秋雨一场场连绵不断的时候，更是一次次荡涤了大地上的一切生物。秋天是多么地爱干净啊！

深秋，是反思的季节，无论树木、野草、泥土、河流、青山还是人。苹果树，不记得曾经开了多少花，但会努力让大大的果实压弯枝头。梨树，把一树繁花凝结成最清凉的香甜。柿子树最思乡，它把最美的暖色幻化成一个个圆圆扁扁的小灯笼，挂上最高的树梢，从秋到冬，照亮游子归家的路。蒲公英，在挂念这一季的枯荣又曾让多少子孙飞跃河流坡坎。狗尾巴草，早已摆出一年最高昂的姿态，不能在春天与众花草媲美，何不在深秋的田野之上招摇，也算没辜负给草活的这一秋。车前草，趴在车轮的压痕里，忍辱负重匍匐前行。泥土，又被农人翻了一遍，带走了它养育的珍珠：红薯、花生、土豆、豆角，还有大片大片玉米的秸秆，打算开始下一季的创作，等待麦子从它的怀里化茧成蝶，飞出地面，在风中摇曳细碎的舞姿。秋水已瘦，干涸的河岸沧桑毕现，它在缓缓等待冬眠，养精蓄锐。青山等不及，铺开五彩画卷，似要把这一年最后的美丽，再反复吟唱。而人，裹紧了衣服，冲进风雨里，这一年，又快到总结经验和教训、细数成绩和得失的季节了，人不得不再冲一下。深秋的我，会常常翻出记录写作情况的笔记本，再打开电脑，凑近键盘，继续做一个灯下写字的小女人，心情澄澈，一如深秋那蓝蓝的天……

我爱深秋，深秋是个提神醒脑的季节，是个让人歇口气再大步向前的季节。前路依然有风雨，人生又如此短暂，再不跋涉就真的老了。

人到中年更惜时

一

一过了40岁，人生就像被什么撵着似的，更觉得时光如梭般，过得飞快，乃至过了45岁，这种感觉越发深刻。总觉得前面青春年少该努力时，时间荒废得太多，要倍加惜时如金的感觉越发刻不容缓，在时间面前变得小心翼翼，越发不可蹉跎。

一个白天中，是非要做点有意思的事不可的。能旅游观光也好，出席典礼仪式也罢，哪怕实在没有特别有意思的事做。看一会儿书，却也要郑重其事地做下笔记，唯恐白看了这一会儿，浪费了这一会儿的光阴，什么也没在记忆里留下。看一会儿手机，也要国际国内大事事事关心，唯恐跟不上这个飞速的时代，被日新月异的它落在身后。什么也不做，发呆？闲聊？发呆也要想点有趣的，快乐的，舍不得为不相干的人和事浪费哪怕一秒的时光。闲聊也要聊点有价值的，能启迪人生、激励上进或者美满幸福的话题，舍不得让自己蜕变成一副东家长、西家短的模样。

到了夜晚，这可是一天中可以随意支配的自由时间，更是得抓紧。晚上做做饭，洗洗碗，拖拖地，看看书，听听歌，看看剧，写写日记，要忙乎的事情格外多，越做得多，越觉得这个晚上没有白费。

人到中年，也学会了要活在自己的心里，莫要活在别人的口中。学会了不看别人眼色行事，不望别人脸色说话，不轻易承诺，更不轻易违背自己意愿屈就。学会了给生活做减法，不再那么喜欢热闹、聚会、喧哗，学会了享受孤独和寂寞；学会了尽力拒绝无益的社交，不喝伤身体的酒，不陪无谓的笑，不说献媚虚假的话；学会了不再结交那么多社交圈子往来谈笑的朋友，不再关注别人的东家长西家短，不再高攀可能对自己有用的利益人。见识越多，欲求越少。真心的朋友越少，内心的充实更多。更多的时间留给自己和最亲近的家人吧！人生一世，这才是最大的缘分。

常常在想，我是怎么一下子就策马奔腾在奔五的康庄大道上了呢！好像自己还刚从大学校门出来，可转眼女儿都已经快大学毕业了。好像自己还初入职场，还没学会看人眼色行事，圆滑行走机关，一恍惚，却见离退休已没几年。好像才刚刚拜堂成家，两个人还没有磨合到不再吵架争执，只用眼神就能交流的亲情式婚姻，一转眼，银婚已近，正搀扶着走在白头偕老的路上。

这样的心境下，似乎一天就被一场一场实际的事情划分成了段落，点上了逗号。比如睡觉，刚刚从睡梦中醒来，怎么忽而就该去午休。还什么也没有做，怎么又到了晚上该熄灯的光景。早晨从梦中醒来，又是新的一天拉开序幕，日历又要翻走一页。一天就又从生命的长河里开始、消失。又比如吃饭，刚吃了早饭，又得考虑午饭。午饭尚在腹中，晚饭又粉墨登场了。比如工作，刚刚还意气风发走在上班的路上，只一会儿，就又出现在下班的归途中了。

一天的日子，就这样被日常的片段所分割。也因了这种分割，一天的日子越发短促和快捷起来。

二

人到中年，对世间万物更随意了。很多生活习性也会随之慢慢改变，开始不喜欢职业装、高跟鞋。穿了职业装觉得胳膊腿活动着都不灵便起来，浑身束缚得紧。穿了高跟鞋一会儿就脚疼腿疼，年轻时踩着细高跟逛街数小时的精力，再寻不见。开始喜欢亚麻、棉布、平底鞋，舒适自在的感觉，再没这么妥帖。开始不喜欢修饰装扮，年轻时节日浓妆、平常淡抹的习惯一去不返。搁现在，哪怕涂点口红，看着沾在水杯边的印记都觉得无法下咽。开始喜欢素颜和一切从简。想想也释然，已然过了不惑了，生活方式从以前的悦人到如今的悦己，从以前给人欣赏的精致到现在自己舒适的随意，应该算是进化，应该总算活出点自我的味道来了。人生一世，不是为别人的眼光和评价才活着的。人生的意义，除了为社会奉献和付出，不是也有使自己快乐的乐趣吗？

人到中年，对世间万物也更认真了。写这篇文章时，窗外正是春意浓。以前的春天，就知道花开了娇艳，草绿了养眼。近些年来，春天最热衷的事，就是认花名、野菜名。下载了一些花卉图谱，每每看到不认识的花，要按图索骥，不搞清它的名字真是茶饭不香。更甚的，还要和类似颜色、类似长相的花逐一对比，分清它们的区别。我生活在小城市。小城市有小城市的好，离农村近，开车 20 来分钟就到乡野深处。手机上也下载了各式野菜的名称、长相和作法。陌上野菜又青青的时节，驱车到果园、麦地里挖野菜，回来炮制茵陈茶，包荠菜饺子，蒸槐花包子……舌尖上的乡野情趣，别有一番滋味。一样认真的，还有不穿地摊货了，学会绣十字绣了，尝试自己蒸馒头烤面包了，每年要制订新年生活计划和总结上一年得失了。每年要去三个不同的地方，尝试学会三样新技能。每次去饭店都点一个没吃过的菜。每晚睡觉要认真地回忆让自己开心的五件事……这样对生活兴致勃勃的认真，是不是也很值得点个赞？

人到中年，对世间种种更加珍视了。细细想来，其实对自己健康平安的关爱和重视，是从当了妈妈就起步的。“养儿方知父母恩，当了娘亲才情真。”总觉得需要时时照顾好自己，因为父母和孩子需要我。每每到街上看见步履蹒跚的老年人，也是暗自庆幸，虽然年已中年，但一切还好，还没老到让人搀扶的地步，一切还好，还有些大把机会可以学习，可以体验人世间的百般趣味。

人到中年，对世间种种更加难得糊涂了。名利、金钱、地位，真成了身外之物，被置之度外了，更珍惜亲情、友情、健康、平安、阳光等免费的财富了。原来，淡泊名利也不是件难事。不再把自尊、成绩、名次、荣誉、桃花运等看得过重，对非议、鄙视、排挤和孤独，也可以难得糊涂了。“我和谁都不争，和谁争我都不屑”，活出一个自得其乐的自我，真的需要阅历。

三

时间，就是这样自顾自地走在一圈一圈转动的时钟上，走在一页一页撕掉的日历上，走在日出与日落、天晴或雨落的周而复始上。有时候，我那么爱惜它，恨不能紧紧拥抱着它。有时候，我又恨它恨得牙都痒了，想咬它几口，打它几下，踢它几脚，或是上前扯住它的衣襟，一跺脚，喊出我对它的怨愤：“时间，你这个薄情郎！”

可是，没有回音，没有眷顾，它好像无情无义的，自顾自地挣脱我，跑走了。其实细想想，它对谁都是一样的，只不过，充实的人付出了努力和汗水，同样的年月里，得到的收获要多。浑浑噩噩的人浮躁地混日月，感慨人到中年还一事无成的同时，是不是也要问问自己：你尝试拼搏过什么？别人顶着星光出发，迎着风雪跋涉，披着星星勤奋，映着灯光刻苦的时候，你又在做什么？看肥皂剧消磨？看八卦明星新闻跳脚？打麻将赌博？还是无所事事抽烟喝酒，在沙发上一躺不动窝就是最惬意的时刻？虽然说休闲也是一种生活方式，可我最欣赏的，还是该忙时还需努力，遇闲时也少做些无意义、伤身体的事。因为，生命从一开始就在倒计时，不要让无谓的琐事耗费有限的生命燃料。不值得做的事情，最好不做或尽量少做。

我回了头，不再对时间穷追不舍地诘问。取而代之的，是低下头，努力地去做一件事：把握现在。

是的，只有现在是真实的。过去和未来，都是站在现在两边的虚无。离开现在，它们什么也不是。

现在的我，处在人生多事之秋边上的我，更多地想到的是，许多事已不能等。

树欲静而风不止，子欲养而亲不待，孝敬父母，不能等；人生之中最大的缘分，就是做了夫妻，执子之手、与子偕老，不能等；孩子的成长总是太快，那个小小的孩子，刚刚还笨拙地爬上我的身，亲我的脸，一晃，已经离家去闯世界了，帮助她飞，目送她的背影，不能等；其他，健康、爱好、游历、生活态度、心性磨练，更是一刻也不能等……

时间，它原来不是自顾自地绝情，它带走了我的青春年华，却也给我留下了丰厚的阅历和财富：父母、爱人、孩子、健康、爱好、本领，这些都是我正拥有着的。即使人到中年，还是会被美好的希望和期待重重包围。

这时候，又觉得，在岁月边上的感慨，其实也无足轻重。重要的是，能够一如既往地好好爱着生活，好好生活着。人到中年更惜时，把握当下自奋蹄……

春天的芭蕾

《春天的芭蕾》，本是一首歌的名字，一首美声唱法花腔女高音的歌，听起来灵巧、高亢、婉转，艺术感十足。

“随着脚步起舞纷飞，跳一曲春天的芭蕾。啊！春天已来临，有鲜花点缀，雪地上的足迹是欢乐相随……”《春天的芭蕾》旋律响起，如诗般的词一点一点，动人心扉。人们每每想到春，心里就会涌起这样如歌的行板，涌起一股暖流，一缕情思，一丝淡淡的欣喜和期许，一种对美丽、轻盈的期盼。这些情愫叠加在一起，脑海中就会浮现出美妙的音乐、轻盈的舞姿、忘我的旋转、令人神往的爱情……这些，不正是芭蕾所拥有的特征吗？所以，用芭蕾来形容春的姗姗而来，再贴切不过。

恰在这时节，在冬天里想念了数月都不曾来过的雪，翩翩而来，像一场颇费周折又痛快淋漓的芭蕾舞剧，把刻骨铭心的爱恋，当作转瞬即逝的剧情，痛痛快快直播了大半天和整整一夜。更把一个洁白的拥抱，送给了大半个中国漫山遍野的麦田、菜园和果林。

“瑞雪兆丰年”，这场雪在立春之前而来，唤作瑞雪再合适不过。唤作春天的芭蕾的前奏，作为报春的使者也再合适不过。这些年，不知道是因为暖冬，还是因为环境污染，雪来得越来越晚，下得越来越少，也越来越稀罕。但无论如何，雪的到来，就寓意着春天要跳起万物生的芭蕾，就寓意着，春天要来了。

春天未曾拉开大幕，世间万物有性急的，就早早探头出来，趁人猝不及防，悄悄试着踮起足尖。河岸边的柳树，似乎泛起了春来的涟漪。我曾经指着偶尔拍下的照片，给人看，惊讶于它的嫩黄。这场春天的芭蕾中，现在还不该轮到它啊，它是急着要登场了。腊梅，在雪后初霁的大晴天里，格外有精气神。别看它小，却很香，且香得沁人心脾，让人想到各个行业里那些渺小平凡的劳动者，没有显赫的名声、突出的贡献，但却是世间万紫千红的一缕馨香、社会不可或缺的一份力量。还有蚂蚁们，在道边的树干上，忙忙碌碌爬上爬下，不知道是囤积过年的食物，还是迎接回家团圆的游蚁？

河流，由坚硬变得柔软；北风，从刺骨变得温馨；天空，从冬季时而笼罩的雾霾，也变得澄澈清朗起来；人们，也摆脱寒冷时节的臃肿，用减法来追逐身外羁绊的轻盈。春天的脚步渐近，野菜萌萌哒地钻出地面，一场春雨之后，嘣得一窜多高。柳树这时正式泛起青绿，做了绿色们的前驱。迎春花也是最早登台的，在舞台上敞开自己黄色的小喇叭。桃花、杏花、梨花，抢在树叶还没来得及装扮好时，纷纷把自己的粉红、桃红和雪白奉献出来，迎风微颤，为这场盛大芭蕾的开幕做好点缀。接下来，榆叶梅、丁香、海棠花……数不清的万紫千红轮番上得台来，旋转、飞舞，这场盛大的芭蕾也在它们登台后，掀起此起彼伏的高潮。

这一隆重的舞蹈，会一直持续到姑娘们穿起短裙，小伙子换上短袖，才退出舞台谢幕。接下来，就是夏天热情洋溢的交响乐登台了。然后，四季轮回，周而复始。作为土生土长的中原人，能感受到每年的春秋短暂，冬夏漫长。如同造物主也富含哲思似的，美丽的、芳香的东西，总是难得，易逝，让人更要珍惜。

一年之计在于春。春天是做打算的季节。和万物均按造物主的计划生长一样，我也早早为新的一年画下了人生的轨道，关于家庭、写作、工作、旅行、健康。不说把日子过得活色生香，却也应追求不一而足。虽说万事不强求、不高攀，但有个打算，总添了几分不松懈的劲儿。不能像那些声名显赫的人，把自己人生的春天跳成天鹅湖，由惊人的开场到辉煌的谢幕，也要尝试跳跃起来、舞蹈起来，在无人的角落演出一场自己的折子戏。

人生如此短暂，转瞬已是白头。即便没有鲜花，无人喝彩，也要风雨兼程，自己给自己多加油！

梦回江南

江南，一直是我魂牵梦绕的地方。

18 年前，我曾在江南名城杭州客居过一周。那一年，是我刚入警的第二年，去杭州的电脑公司学习 110 系统的使用维护。那一周里，怀揣着从警之初的自豪和憧憬，遥望三潭映月、漫步苏堤春晓、沐浴雷峰夕照、品味柳浪闻莺，曾多少次被江南的柔美和温润轻轻渗透，不免常常心生向往——为什么我就不能生在江南，活在江南，做一个江南的女子？多么遗憾！自此，便留下了难以医治的病根。回来后，对江南的相思，竟是愁肠百结，无计消除。梦里，不知回过多少次江南。

那年一个暑假，终于携女重下江，先到“四大古都”之一的金陵南京，再到“烟花三月下扬州”的历史名城，一路流连忘返，乐不思蜀。

江南佳丽地，金陵帝王州。秦淮河畔，十里烟云，一片盛世繁荣景象。秦淮河，是南京的母亲河。她目睹和亲身造就了南京丰厚的文化积淀。自古历史上，并不乏对秦淮河的记载，无论是叹咏，抑或是传说，这条穿城而过的河流都给南京留下了无数美妙的画卷。站在岸边，不由想起朱自清和俞平伯的两篇同名散文《桨声灯影里的秦淮河》，此时此景，若真能与桨声灯影常相伴，常聆听秦淮流水，也许我也能写出公安作家眼中的秦淮河，那该有多么美妙！

曾几何时，夫子庙前，考生云集，科举腾达，光宗耀祖。在红榜旁边，我特意让女儿在此存照，以励学志。

瞻园，却像一位有六百多岁高寿的“矍铄老人”，虽古朴却博雅，虽渊源却考究。它见证了多少代的历史变迁，如今还得细细考证，“雕栏玉砌应犹在，只是朱颜改”，前人为我们留下如此美妙绝伦的园林庭院以待观赏，也是我辈的福祉。

时近中午，我和女儿乘大巴慕名而至扬州。便利的旅游公交、洁净的街道、青砖蓝瓦的建筑、热情温柔的路人……我突然觉得，如果城市有性别，扬州一定是女性的；如果城市有年龄，扬州一定是妙龄的；如果城市有长相，扬州一定是妩媚的。这个城市只需一眼，便柔柔地占据了人们的心。

坐上只需一元钱的游1公交，从车站出发，大约20分钟便到了第一站，闻名遐迩的瘦西湖。

“天下西湖、三十有六”，扬州的西湖，较之杭州西湖，那个是杨妃，自有丰满窈窕的华采。这个却是飞燕细腰，怎一个瘦字能勾勒出她不堪盈袖的清丽。

瘦西湖以“L”形蜿蜒向前，所谓曲径通幽、禅房花木。“两堤花柳全依水，一路楼台直到山”。桃红竹青、柳浪闻莺，莫说这样的词语太过轻佻华丽，面前的美景，也只得这样的词语才贴切般配。隔岸，或是垂柳依依，俯首摇摆；或者荷塘田田，随风微澜。路途中少见大多数旅游景点惯见的彩旗店面。瘦西湖只以她恬静、纯粹的端庄，一步一景，令人不由一步一叹：恨不能此生可长做扬州人，坐拥瘦西湖，该是何等奢侈！

“红桥飞跨水当中，一字栏杆九曲红；日午画船桥下过，衣香人影太匆匆。”依着红桥，学古代的女子低首回眸留个影。大红的虹桥有知，可知今日的我，如何从容地走过？

到扬州本已近中午，行程安排得也颇为匆匆。于是，自然等不及二十四桥的明月夜，也只能远观白塔的晴云缭绕、铭记五亭桥的别有洞天、闲坐钓鱼台的亭台楼阁、指点熙春台上的零散游人，也只能在想象中，梦一回头顶的“明月照我心”，脚下的“对影成三人”。

“扬州好，入画小金山。亭榭高低风月胜，柳桃错杂水波环，此地即仙寰。”扬州国画院的老院长李亚如曾撰联一副：“借取西湖一角堪夸其瘦，移来金山半点何惜乎小。”湖瘦是苗条，山小是精巧，扬州园林自有善于借鉴却不落俗套的妙处。

依依告别瘦西湖，坐上一个年近花甲、鹤发童颜的老人拉的敞篷电动观光车，个园，不久就呈现在面前。

个园，是清嘉庆年间两淮盐业商总黄至筠在明代“寿芝园”的旧址上扩建而成的私人宅院。园虽不大，却名副其实。“宁可食无肉，也要居有竹”，因主人喜竹，于是满园随处可见竹，一丛丛、一束束，不算碧绿却也生机勃发，“个园”的“个”字出处在此，取的是竹的形状。更值得一提的是个园的假山，分峰用石，不同石料堆叠成“春山、夏山、秋山、冬山”四景。“春山艳冶如笑，夏山苍翠如滴，秋山明净如妆，冬山惨淡如睡”，个园能与北京颐和园、承德避暑山庄和苏州拙政园一起，名列中国四大园林之中，自此可见，并非虚名。

踩着长满青苔的长巷，穿越个园的东、中、西住宅区，那些跨越千年的青砖蓝瓦、那些古旧的大红灯笼，似乎无声地诉说着沧桑和厚重，心里便产生许多恍惚，仿佛千年前，我正穿着绣花鞋子、衣袂飘飘、环佩叮当，牵着及笄的小女，款款走到一棵桂花树下，她写蝇头小楷，我安然做女红，专心绣一袭女儿的嫁衣……这个时候，我已经从警二十年有余。莫说从警生涯因为见惯了生死别离、风口浪尖而让女人心思粗粝，一旦到了江南，心底的细腻温柔一下就能被唤醒，重新做回敏感多情的小女人。

当我和女儿赶上的最后一班大巴车从扬州一路南下，穿越长江时，身旁一路相谈甚欢的女子从口音上猜出了我和女儿来自哪里。之后，她侧脸微笑着，看着我说：“你长得倒是很像江南的人呵！”听了这一句，我径自沉默下来，心里竟然涌起一阵感动——只不过萍水相逢的陌生人，一语竟成知音。也许无心，也许有意，这话却勾出了我埋藏多年的期盼，难不成，梦回江南的心愿，竟然踏踏实实写在脸上、埋在骨子里？

雁字如愁，杨柳堆烟，此前的数日，我一定是乘着梦中的期盼，一头扎进江南的怀抱里，不肯远离的。烟雨菲菲，有多少歌舞升平在此喧嚣，几度夕阳暖照；小桥流水，有多少女子俯身下去，浣洗手中的纱衣？石板路笃笃的脚步声中，曾经走过多少撑着油纸伞、结着丁香般哀怨的姑娘；一叶轻舟荡过，那又是谁的眉眼盈盈，回眸一笑，倩影妖娆……

如此爱江南，以至常想，前生，我必是江南的女子。如果是，我又不想做个园、瞻园养在深闺无人知的大家闺秀了。深宅大院里的封闭是何等的憋闷！如果是，我只想当个古镇农家的小家碧玉，在清晨的薄雾中，穿一袭蓝底白碎花的粗布衣裙，挽起风中飘摇的宽大袖笼，轻摇桨橹，让乌篷船在莲叶田田间穿行，哼婉转的吴侬小曲，任眼波顾盼流连、熠熠生辉。腕下，错过一朵又一朵盛开的莲花，只用莲的心思，摘下莲子，在朝霞的沐浴里，想念一个人。这个人，会是个捕快吗？一直这样认为，男人嘛，穿制服的最帅。那我的前生，如果不能像今生这样，自己成为警察，那和一个做警察的捕快执手一生，心牵他的安危生死，照顾他的饮食起居，也是我能想到的最浪漫的事。警察情结，只怕是每个今生做警察的人生生世世都会记挂的轮回。

江南是细腻柔美的，时时如歌如舞，处处如诗如画。身在江南，满腔的纷杂世事，终于也可以撂在一边，只把柔肠百结、沉醉痴迷演绎到极致。

如果有雨，江南的美才真是到了极致。好在江南果然多雨，柔细的雨丝似乎格外眷恋江南。雨中的江南在薄雾和青烟中更添了几许神秘和沁润。如果雨打芭蕉，梧桐叶落，红袖添香，秉烛夜读——这活着的质地，怎一个精致！

告别江南，行囊依旧空空。不是江南没有琳琅满目，而是我竭力想带走整个江南，好和它在我粗犷的北城里交织缠绵。然而，我却带不走它，只好掬一团水汽，刻一段回忆，让它湿漉漉地沁湿在我的梦里。

人在北，梦在南。回到北城，竟还是数度梦回江南。江南成了心底挥之不去的情愫，一如女子怀春，才下眉头，却上心头……

养成幸福的习惯

忙碌粗糙的日子，一天一天，一点一点，风蚀着我们曾经细腻的日子，吞噬着我们曾经拥有的幸福感。

都说警察当久了，感情的线条会变粗，心思会趋向理性和逻辑。什么风花雪月，什么阳春白雪，在警察眼里，全然没有破案率百分比、绩效考评综合指数来的直观实在。我们习惯辛苦了，我们习惯成就了，我们习惯忙碌了，唯独幸福，被我们遗忘到了生活的角落。

有人说：事业无成、家庭平淡、孩子调皮，身边的人这毛病那毛病的，看啥都不顺，哪有幸福可言；有人说：整天高负荷呆板地工作，顾不上考虑幸福这样的话题呢；有人说：世事艰辛，不如意事常八九，每天都是痛苦，没有幸福；有人说：幸福是件奢侈品，不是每个人都能拥有的……

前天夜里，气温骤降，秋雨淅沥。我一个人走在寒冷的夜里，看路上的行人也顶着秋风在艰难前行，看着他们单薄奋力的样子，觉得他们内心一定也和我一样，与刺骨的凄风苦雨对抗着，抱怨风的呼啸，抱怨夜的凄清，感觉人是多么卑微，无论怎样都不能与大自然抗衡。

回到家里，在温暖如春的卧室里，躺在松软柔和的被窝里，从一本旧书上重温到了那则古老的寓言故事：相传一位老太太有两个儿子，大儿子卖伞，二儿子晒盐。老太太每天都为两个儿子发愁，晴天大儿子卖不出伞，雨天二儿子晒不了盐。因此，她每天都不幸福。后来，终于有一位智者提醒她，不妨换个角度想问题，雨天大儿子卖了伞，晴天二儿子晒了盐。老太太因此每天都皆大欢喜。

幸福原来就这么简单！“日出东海落西山，愁也一天，喜也一天；遇事不钻牛角尖，人也舒坦，心也舒坦。”你如何度过一天，就将如何度过一生，习惯的力量多么巨大！要获得幸福，就要懂得从寻常的生活中寻找幸福。不顺心的日子，不妨换个角度，重新审视自己的生活，养成时刻寻找幸福的习惯。开始的时候我们也许要多花点时间。当然，渐渐地就会习惯成自然了。习惯形成定性，我们就被习惯所潜移默化。从痛苦的围墙上揭掉一块砖、一片瓦，通往幸福的阶梯上就多一块砖多一片瓦。毁掉痛苦的围墙，明媚的阳光就能照射到了我们的身上。

幸福绝不取决于财富、权力和容貌。警察的职业是辛苦，可因为热爱，所以苦才不为苦；警察的职业是清贫，可因为自豪，所以穷才显得微不足道；女警的职业是素面朝天，不施粉黛，可因为光荣，所以素才代表了纯净和端庄。

林肯说：“如果一个人决心获得幸福，那么他就能得到幸福。”养成幸福的习惯，对父母，对爱人，对同事，都会用幸福的眼光看待他们；养成幸福的习惯，就会少些抱怨，多些理解和宽容；养成幸福的习惯，就会丰富自己的人生，除了工作，赚钱，抚养子女，还有许多值得去静静感受的幸福——读书，运动，音乐……幸福也许单纯到只是一杯热茶，一轮落日，一勾悬月，一本好书，一首乐曲，生活的点点滴滴，夏的骄阳、冬的冰雪、春的花，秋的果，只要去细细品味，咀嚼，很快，幸福就会撞你个满怀。

少一些对世事的欲求，功名利禄尽可抛在脑后。多一些对内心的关照，让心灵获得最大的安宁。甩掉郁闷和痛苦的纠缠，不给它们留有哪怕是一席的空间、一秒的逗留。会寻找幸福的人，会沿着季节前行，看流星划过，听夜雨诉说，赏梅兰竹菊之清雅，品春夏秋冬之多彩。快乐做护身的武器，风中行走，雨中歌唱，脚步轻盈，笑傲四方！养成幸福的习惯，幸福真的就会俯拾皆是。

你不想试试被幸福包围的感觉吗？

养心十字绣

要说我这个性格，自己反思一下，还真有点双重。虽说平时特别爱宅，不善应酬，话说多了脸疼，希望电话一天都别响，看上去是个喜静的人。可另一方面，却也是“急”，三五千字的稿，一天两天总能拿出来，又不爱修改，写好就交，说话语速也快，也喜欢到处跑着玩。

当警察久了，总觉得生活有点糙，每天面对的都是风口浪尖、火烧眉毛的急事情。作为一个女人，就总想做点能够养心静气的事情，磨磨性子。比如听歌、看韩剧、纯手工洗衣服……

一日，听说单位一个协警，家里开的卖十字绣的店打算关门歇业，攒了一堆成本价出售的货品。心想，做女红不是最有女人味的养心妙招吗？况且十字绣有图有做法，是难度较小、成品又漂亮的女红，可以试试！

说着说着，急脾气又上来了！立马给那姑娘打电话，约好下午她带东西来，我选几样。

下午，她拿来了一包东西。翻着拣着，寻思着，咱当警察的，业余时间有限，太大工程量的壁画、大坐垫就算了，动辄一干得一两年的活计咱做不来，一来怕做做停停，成品遥遥无期；二来久坐对腰和视力都不好；三来家里是简约装修，和十字绣的中式风格也不搭，做好了还得寻思送给谁。“为他人做嫁衣裳”的活儿，咱在单位搞宣传还干得少吗？这点成果得自己享用才行。这样想着，不知不觉选了十几样东西，除了一个钱包工程量稍大以外，其他选的都是包挂、车挂等袖珍小玩意儿。

先绣了俩包挂练手。一个“水瓶座”给姑娘。还行，水瓶座的姑娘喜欢标新立异，这小挂件被她拴在了U盘上，看上去也颇得善使。又绣了一个“天蝎座”给老公。结果，他嫌“娘”，坚决不要。那正好，同为天蝎座的我赶紧拿来挂在自己的包上。我的小包挂在公交车上、出差途中，也颇得同事、外人喜爱，由她们好奇的询问和欣赏的目光，能看出来。

两个胖乎乎的小包挂绣出来后，做工看着还行。这会，就对自己的十字绣绣工有点自信了。这时候，我摩拳擦掌拿出了工程最大的钱包。对着一张说明书、几张大小不一的底衬、各种色线比划研究了半天，开始着手绣。这个钱包共由八张底衬组成，最外层的一大张最复杂，上面有一朵硕大的蓝色牡丹、几朵紫色的小梅花、墨绿色树叶，周边还有些点缀，绣好后还要开槽缝拉链。我就从这张难度最大的入手，断断续续忙乎了两个月才绣成。然后再绣次难的最里层的两个小张。

这俩小张也不省心，虽说花只有一朵小花、一朵蓓蕾，点缀几片树叶，但难过的是它们都要在一侧剪出两个长方形的洞，缝上透明塑料，用来放照片或卡。

其他的工程就相对简单了。最后，把绣好的各张缝合在一起。断断续续一共用了三个月零二十八天，我的十字绣钱包才算彻底完工。

谁知盆中餐，粒粒皆辛苦。钱包绣好后，因为饱尝绣间艰辛，我把它珍藏在抽屉里，时时翻出来欣赏下，竟然从来没舍得用过。因为我听说，十字绣钱包用久了会折断。

反正我绣它是为养心静气，打发烦恼上头、郁闷盈胸时那些难耐的时光。低头于它，万事抛却脑后。目的达到了，谁还在乎它真正的用处呢！

走过白园的纯净

白园，白居易墓园的简称，与龙门石窟一河之隔，占据了龙门桥东头的整个香山琵琶峰，北临皇家寺庙香山寺。白居易号香山居士，出处在此了。

香山寺的后门，有条通往白园的山路，我和女儿沿着这条路慢慢走着，路的两边苍松翠柏，鸟语花香。

相对龙门石窟那边的熙熙攘攘，越走近白园，越让人觉得“门前冷落车马稀”。感觉至少有80%的人买了通票，却并不到东山这边来。

看介绍，白园共分为三部分：青谷、墓体和诗廊。由于我们是倒着走的，所以先到的是诗廊，在诗廊上留连着当代书画家书写描绘的白诗碑刻和诗意的瓷砖壁画。

沿着园内摇曳多姿的花草，前面一处藤蔓交错遮盖高高隆起的绿堡，可不就是白居易的墓冢吗？

墓冢的东侧是一块据说有24吨重的自然卧石，它的旁边有一位鹤发童颜的老者。我想问他是不是守墓人，但见他坐在藤椅上专注于手上的一本书。于是，我暂没有打扰他。

女儿掏出小本，记着卧石上的碑文。思绪恍惚了一下，我突然产生了疑问：洛阳是十三朝古都，这里的帝王将相墓冢自然不少。北邙山一带历来是洛阳古人选择墓地的风水宝地，所谓“生在苏杭，葬在北邙”、“北邙山多少英雄，青史南柯，白骨西风。”为什么白居易这位诗人独以居士情结与如满和尚等人结为“香山九老”唱酬于香山寺的堂上林下，晨烟暮霭，远离红尘，终老于香山呢？

我按捺不住好奇，打扰了墓旁老者的宁静。他告诉我，这是因为诗人生前喜欢伊阙风光，特意嘱咐后代将他葬在这里，好在死后也能静静欣赏伊阙胜景。“不过，”他又说：“也有人说，诗人将自己的墓地选葬在琵琶峰，还有断绝后代官运的意思。”

原来，白居易在长期的官场坎坷中，耳闻目睹官场的险恶黑暗。到了晚年，诗人仕途冷淡，方才寄情于山水和佛教。退出官场倾轧后，他不希望后代再步自己后尘，去官场空耗生命。于是，诗人遗嘱：从今后，要代代传祖训，不要做官。他研究了风水学，看到琵琶峰前面陡峭，下临阔水，是块绝地，是选墓址的忌讳之处，就故意将自己的墓址选在琵琶峰巅，以自断后代官气。白居易的后代们，不知是自觉遵守祖训，还是真被诗人祖坟断了官气，当官的还真是寥寥无几。

到草亭，女儿对脚下一朵孤独盛开的小野花感了兴趣，端着数码相机，几乎是趴在地上对着那朵小白花拍特写，引来游人驻足微笑。可不，“离离原上草，一岁一枯荣，野火烧不尽，春风吹又生”。草亭脚下的小野草，谁留意了它几时生、几时发、几时盛开？孩子的童心倒巧合了此情此景。

走过流瀑荷池，我深深回味着白园的纯净。

秋日甘山红叶美

甘山是我们河南三门峡市陕县南部的一座森林公园。十月中旬，上大学的女儿请假回家办事。我们说起她父亲大学毕业25周年聚会和当地晚报刊发我的“晒晒我的结婚照”征稿时，要我们夫妇的合影，可我们的合影少，能挑出来的只有寥寥几张。这时节，正值甘山红叶正旺，喜欢拍照的女儿便提议去甘山，赏红叶，连带再给我们拍几张合影。

周六，是个晴天，但遗憾的是有雾霾。平时各自忙碌的一家人吃过早饭，便欣欣然驱车往甘山开进。幸亏没有第二天去，雾霾更重，而且看朋友圈得知，山里还落了小雨。

本地的景区不多，甘山的旺季也少，不过是每年春深时的山花烂漫，数九寒天时的天然滑雪场和秋天时的“满山红叶似彩霞”，其他季节，山里游人稀少。

进入景区后，仅有两车道的山路曲曲弯弯，爬坡过沟，虽景色已渐佳，但开车的丝毫不敢大意，坐车的也不敢多评论窗外，只怕引得开车人分心。景区大门到红叶苑最佳红叶观赏地，车太多了，出去的进去的，一会儿一堵，不过几公里的路，竟然走了一个小时，没想到大家热爱山水的心思这么一致。

停好车，和一大帮游客说笑着走上登山的步梯，先生说，从来没见过甘山有这么多游人！一路上没什么风景，红叶虽然有，但不多，而且明显有些败落，女儿说，有些失望啊，不拍景了，拍几张人像吧！于是她指挥着父母这样那样摆着姿势，拍了好多合影。已近知天命之年的老夫老妻，竟然在拉手、对视、搀扶等各种动作中，找回了年轻时恋爱的感觉，算是意外收获。早上十点多，太阳正好。阳光从稀疏的树枝上洒下来，山里的空气也好，人的心情好，表情也好，也不拘泥于摆拍，我们边走边说笑，女儿在前面抓拍。遗憾她不爱拍照，也就没找人帮我们三口人拍。

走到山头的聚仙阁，许多人怕累，沿原路返回了。一个中年妇女听我们商量是继续走更远的环行山道，还是原路下山，告诉我们，后一段路也不很远，而且风景要好得多。于是，我们坚定了信心，跟着她往后山走去。

往后山去的路很险，台阶又高又窄，女儿和她父亲在前面蹭蹭蹭就不见影了，我三步一挪五步一歇，和中年妇女边走边聊，竟成了陌路的知己。到了山顶，果然“无限风光在险峰”，只见层林尽染，江山如画，五彩的崇山峻岭在阳光下披着锦缎迎接着我们，顿觉豁然开朗，心旷神怡。女儿端着相机忙着拍风景，拍够了才想起给我们合影。

下车的山路也比上山那边美丽许多，一路上边欣赏边拍照，听着周围游人的歌声、欢笑声，竟然由衷觉得生活真是挺美好的！

这一趟家庭秋游，开阔了心胸，释放了工作压力，锻炼了身体，吸足了负氧离子，又留下了美好的照片，挺值得回味的。记得有位作家说过，一家人要多拍合影，合影是岁月的回忆。想想很有道理！

中秋夜，未央

中秋夜，未央……

也是大街小巷，却不是散步，不为兜风，遍布的是你挺拔的身影。在警灯闪烁的摩托车上定格的，是严肃而年轻的脸庞，是威严而齐整的警容。静如处子，动如脱兔。处置打架斗殴、纠纷争斗，呼啸着来，又呼啸着去。抢的是时间，更是幸福和安宁。这，就是我们的巡警。

也是花前月下，却不是恋人，不为爱情。静静地等待和期盼着的，是你凝神注视的面容，是你守卫社会安定的赤子之情。蹲点、寻找、守候。枪，已经上膛，剑，已经出鞘，目标，已经锁定。斗的是智，更斗的是勇。孤独寂寞的背后，唯一能犒劳的，是破案立功那一刻的光荣。这，就是我们的刑警。

也是多彩的情愫，却不是家人，不为亲情。洒在身上的月光宁静而皎洁，秋风轻撩额前的几缕短发，写着刚毅的是那么高大的背影。随着坚实有力的脚步，警惕地穿行、威严地巡视、间或——和熟识的守夜者微笑着打个招呼，叫着大妈大爷中秋快乐，也摸摸睡梦中孩子们的额头，辖区整片的祥和也和着你的汗水一起共振。这，就是我们的片警。

也是灯火通明，却不是纵情，不为娱乐。灯光下凝神专注的眼眸在电子地图上游走，飞快运转的思维在智慧的星光里在接警记录上留下剪影。伴着柔和的话语，有条不紊地指挥调度，浓浓的大爱通过电话线牵挂着千家万户的安危和祥和。从不在一线却离现场最近，看不见硝烟却依然与紧张和惊心动魄为伍。这，就是我们的指挥警。

也是键盘声声，却不是消遣，不为游戏。屏幕前紧张的思维分析的是数字，是百分比，更是治安动态的汇总。普普通通的公文深层，透露的是复杂的治安形势，研究的是规律和策略，付诸的更是心血和汗水。战果、报表、总结、汇报，案头上堆积成山的，是做也做不完的琐碎，忙也忙不完的琐碎。这，就是我们的内勤警。

中秋的夜，彩绘出无数个真实的动人情节，月亮，更亮了，梦乡人的心更甜更美了。警察，就像明月夜里一盏盏灯火，默默点燃起黎明的一片片朝霞。明天，早醒的阳光里，风采依旧的民警，也更加伟岸、更加庄重……

快之余，“慢”出乐

我是一位女警，今年已逾不惑，在宣传岗位工作。

宣传工作因为抢时效，工作节奏非常快，心理压力大。加上人到中年，又长期伏案工作的缘故，身体上开始出现一些小毛病，比如颈椎、腰椎、视力都陆续有了阵发不适感。

不改变不行了！身边的同事和同龄的朋友也经常这么提醒。

恰好身边有个同行朋友很会生活，他的生活方式一直是我的旗帜和方向。我羡慕他的原因在于他特别喜欢玩，喜欢新鲜事，特别爱学新东西。他说：“我每年至少要去三个从没去过的地方，看十本从没看过的好书，学一样从来不会的新本领；每次去饭店，至少要点一个从没吃过的菜；每次聚会，至少要认识一个新朋友……”

就连健身，他也是每年尝试一种新鲜方式呢！他在业余时间挤出点滴时间练健美，练跆拳道，练乒乓、篮球、羽毛球，踢足球，可以说是十八般武艺，样样拿得起放得下。因为爱健身，他的业余生活忙碌且紧凑，多彩且轻快，浑身上下洋溢着乐观积极的阳光态度，人也显得比实际年龄年轻得多。他常说：“咱这行业，不会快中求慢可不行，要学会工作时精、准、狠，手快脚快嘴快；生活中稳、缓、闲，嬉游玩乐，丰富人生。”

人的身旁还得有高人啊！有高人的好处就在于他能带动你向上。在他的影响下，我也开始思考，在快节奏的工作之余，如何活出“慢”生活的乐趣，活出既是女人、又是女警察的价值和品位，这还真是件很有意思的事。

工作中手急心不急，听、说、行、做按部就班，事大事小一个一个来；生活中统筹高效，煲汤熬粥时收下邮件，敷面美容时翻几页书。睡前过滤今日、安排明日；醒来计划急事要事，部署小事缓事。

多关注美好的事物，少留驻不良的情绪。把看似压力大、节奏快的女警生活，过成内心的悠闲和业余的丰富，以内在的慢和美，应对外表的忙和快，好比以柔克刚，以钝制锐。

于是，我学太极拳、学水培，爱上了徒步和爬山，每年都抽空出远门旅游，每年都学习几样新本领。有一阵子，我还迷上了瑜伽和肚皮舞，哈哈！

快节奏的警察职业生涯不意味着生活的粗糙和单一，在其之余，能“慢”出另一份别样的快乐，不仅丰富了人生，而且陶冶了情操。谁说警察无浪漫？当警察，我也要当会生活的警察！

女人的累与轻松

那天的《艺术人生》名字叫《春天的约会》，请来的是两个成功的女人——于丹、王潮歌。

同年同月同日生的两个女人，同样的聪明、知性，都是事业有成、家庭美满，“心里有翅膀”，两个人还是生活中的好朋友。可是，她们做女人的方式，却有很大的不同。同样是成功女人，活得却各有各的别样天。

于丹，副院长、一硕两博一博士生导师的头衔，足以体现她的博学。那天的她，身着灰与绿色相间的连衫裙、灰绿色连裤袜，随性、简单，一如她的轻松，妥贴舒服。

王潮歌，导演、参与执导印象系列大型实景演出，2008年奥运会开幕式总导演三大核心人物之一。她的成功，也足以体现她的智商。那天的她，身着白色的中式上衣，对襟、盘扣，紧身的白色马裤，蓝色的流苏耳坠，大红的高腰皮靴，鲜艳，显眼。一如她的个性，引人眼球。

外表上，于丹圆润、丰泽，脸上有满足和平和，不徐不疾。王潮歌清瘦、精干，脸上带着睿智和锐利，锋芒毕露。

王潮歌外出28天，会带28套衣服以求天天不重样，别人觉得就算换着不累，洗着也累啊，可她忙乎得快乐，这忙乎中，也不全是为别人，谁能说让自己的外表和心灵同样养眼，不是善待自己？不是快乐？于丹，生活里牛仔裤、裙子、彩色连裤袜，逮着啥都敢穿，爱谁谁也好啊。

为人妻、为人母、为人女，于丹说："我的很多书，都是在我家的餐桌上写成的，耳边是老人的絮叨、孩子的嬉闹。"乱中，才有家的味道。王潮歌说："女儿是另外一个人，只是暂住这儿18年。"客气中，却让人觉得她给了孩子自由成长、任意翱翔的足够空间。

为人对手，王潮歌说："我的朋友、上级、下级，全都是我的对手。"她要在男权社会中，为女人争得一口气，活得多么恣意和自尊。于丹说："我没有对手，也不是自己的对手，我干嘛要跟自己较劲？"她是在凡俗的烟火日子里，淡定从容。

王潮歌说："我每天醒来，就是掐指头算自己有没有睡够5小时，每天的日程安排都像打仗。"她时刻以一个昂扬的战斗者的姿态，惜时如宝，不断挑战自我，挑战他人，挑战眼前的世界。于丹说："听了潮歌的话，我很心疼她。"是女人之间的惺惺相惜，是懂得，是欣赏。

关于朋友，王潮歌说："在现在的经济、成功占特别主导的社会中，找到朋友之间的亲切很奢侈。"所以，她必须坚强。于丹说："我信任人性，信任托付，信任快乐，我尽可能去分享，我相信大家在艰难的时候，彼此会用人性承担。"所以，她逍遥自如。

节目的最后，于丹写下了"温暖、朴素、天真"，王潮歌写下了"智慧、善意、信命"作为影响她们最深的三个词。于丹是在生活的白纸上，率真随性地描绘自己的快意，力透纸背；王潮歌是在生活的潮头中，勇往直前地搏击自己的能力，乘风破浪。

同样聪明的女人，同样成功的女人，活法却如此别样两重天。放在天平上去衡量，哪个更好些？似乎并没有答案。活出自己的精彩、活出自己的潇洒，就足够了。聪明的你，会选哪个呢？这似乎不是个哲学问题，个人喜恶罢了……

山顶的那户人家

周日的中午时分，我开车带上儿子，去拜访山顶的那户人家。

和那户人家的人认识，是在国庆节自驾游的路上。我们开车路过，那户人家的夫妻俩在路边招手示意，他们迷了路。

于是认识了。途中休憩的时候，我们聊得很投机，巧的是那家的女主人也是警察，于是多了些亲切。闲聊中得知他们已逾不惑，唯一的儿子已成年，在市区工作、生活。他们夫妻俩，早年买了远郊一座山头，在山顶住，欢迎我们随时去玩。

我们留了电话。那个周五，那户人家的男主人又给我发了短信邀约。刚结束一周的紧张工作，休整一下？于是，我便回了短信，约好了周日去。

儿子的工作还颇难做，平日里，他的业余时间无非是上网跑跑卡丁车，踢踢足球，看看电视。到山上去，对他来说是那么陌生。我好说歹说，他才勉强同意。

一番周折，车终于停在了那户人家的门前。一阵狗吠先从里面响起，儿子直往我身后躲。男主人哈哈笑着冲着狗们断喝：“叫什么叫!”狗们竟然真的停止了狂叫，在栅栏里冲我们摇尾巴。

狗有十几条，全是大型犬，品种各一。有边境牧羊犬、雪橇犬、苏格兰牧羊犬、金毛猎犬等。男主人说：“住在山上，开始养狗是为看家，最多时有好几十条呢！养久了，是为感情，狗对主人忠诚着呢!”

闻着清香的空气，在男主人的带领下，我们参观着他的园子。有果园：种着菠萝蜜、椰子、芒果、荔枝、金龟桔等；有菜园：种着各色时令蔬菜。主人说那可全是无公害绿色蔬菜呢！

主人的家是一座三层的楼房，每间房都很大，办个中型聚会该没问题。宽敞的厨房一半做饭，一半做狗食。有一间房里一溜摆着几十个坛子，那是主人专门酿葡萄酒的地方。室外，有游泳池、烧烤架、还有一个兔子房，里面是一大窝雪白的兔子……

主人说，他们是本地人，早年，地还不贵的时候，他们投资买了这座占地上百亩的山头，盖了房子，修了院子，买了辆车，搬到山上："现在这些产业要值千万了。改革开放后，生活好了，也不缺钱，我就辞职了，过自己喜欢的生活。早上，开车到处转转，下午就忙乎园子。"他又开玩笑说："住这儿唯一的缺点，就是遇到事情，喊救命都没人听见。"

这时，女主人值完班回来了。脱下警服，她变成了农妇，忙着去喂兔子。儿子很兴奋，在她身边不停问着，争着把菜叶递到一只只兔子嘴边。

狗们又叫了。男主人打开圈门，它们便争着跑过来，接受主人的摸头爱抚。那些没有轮到的狗很着急，拥挤着，蹭着主人的腿，争宠似的把头送过来。

摸透了狗的脾气，垂髫的儿子童心大发，他率领狗们奔跑、卧倒、跨栏，甚至一度，他还率领着它们尝试不同音调的叫法，他像个指挥家一样，挥舞一截小树枝，先行大叫几声："汪、汪、汪！"狗们便得了令似的，狂叫："汪、汪、汪！"叫上一阵，儿子又模仿主人，喝一声："叫什么叫！"狗们便立即住声。儿子很惊奇，后来便有些得意，狗们的聪慧使他越发陶醉在这样的游戏中，乐此不疲。

我和那户人家的男女主人看着儿子混迹于狗群中，互视微笑。彼时，我们正端着高脚杯，啜着他们酿的葡萄酒。那浓香醇厚的葡萄酒，竟比我喝过的干红、干白都纯正许多。

田园居，原来就是这样的惬意和安适。转眼，一个下午很快过去。和那户人家告别，很快，便汇入高速公路上拥挤的车流里。远处，高楼耸立的城市正等待着我们。明天，我有个紧急会议。而儿子，要面对他的期中考试。

我问儿子："今天你来得不后悔吧？"儿子爽快地说："那当然！我现在最后悔的就是没早点答应你。要不，我和那些狗们还能多玩会儿呢！"

无粒的麦子

上帝偶然造访人间，他遇到了一个善良的农人。农人谦恭地对上帝说他从记事起每天都没有忘记祈祷，祈祷上帝赐幸福给自己！

上帝问道：“那什么才是你的幸福呢？”

农人向上帝说：“我的幸福很简单，就是希望一年四季总是风调雨顺，没有灾害，这样我种的麦子就会丰收了。而平时这些风雪、霜降和冰雹以及害虫，给我带来的麻烦太多了。我实在是太辛苦了！”

上帝说：“我创造了丰富的世界，各种灾害也随之降生。没有灾害和风雨，是不符合我的原则的。”

但农人苦苦相求。

仁慈的上帝无奈答应了他的要求：“那就破例给你一次这样的机会吧！”

第二年，农人的田地上面果然风调雨顺，地里比往年多长出了很多麦苗，农人觉得幸福离自己真的不远了！

可到了收获的时候，农人惊奇地发现，他种的麦子的麦穗都是空心的，没有一穗麦子是结着麦粒的！

农人哭着找到上帝问：“这到底是怎么回事？”

上帝回答农人说：“一粒麦子的成熟，艰难曲折、竭力抗争是不可避免的，各种坎坷才是唤醒它的灵魂成长的诱因。”

这是我偶尔在一本书上看到的一则寓言，看完后，我陷入了深深的沉思，人的一生何尝不是这样呢？

麦子的成熟必须经过风雨的洗礼，而完美的人生必然经过脚下泥泞的道路。人不会找不到出路，除非人从没有迷过路。只有让你迷路的地方，才能让你找到真正的出路。

很多人都渴望有出人头地的机会，有展示才华的职位；很多人为怀才不遇而苦恼，很多人为一事无成而困惑。

我们看到太多的人，在困苦、挫折、失败、艰辛面前怨天尤人、悲观厌世；太多的人，厌恶创新，厌恶改变自己。只是好逸恶劳，盼望守株待兔、坐享其成。

那么，谁曾经把困苦、艰难、挫折和失败当成是人生的礼物和财富了呢？

谁体会过不经历风雨，怎么见彩虹的豁然开朗了呢？

丰富的过程就是美丽，一生都一帆风顺、平铺直叙难道不是一种缺憾吗？

寒冷了才能体会温暖的可贵，失败了才能品味成功的喜悦，耕耘了才能了解收获的难得，艰难了才能捕捉胜利的激情。

人生就是这样，只有负载过沉重、历经过坎坷、遭遇过风沙磨砺的人生才是充实的人生、完整的人生。

半湖山色半湖烟雨

这是一处黄河的湿地公园。

黄河水漫上来的季节，河道比往常要宽上几倍，水流也舒缓了很多。从岸上望过去，水面宛然如一弯浩渺的湖。

此刻，恰是傍晚。五六人因工作关系，加班后相约到此宵夜。

其实，因工作不得不参与的应酬虽然被很多人厌烦，但是，如果应酬的人素质高，应酬的地点典雅秀美，应酬，自有应酬美好的一面。

就像现在，这个夏日的夜晚，有礼贤下士的长者领导，有彬彬有礼的远方来客，有情趣相投的同事伙伴，有山野小菜的别有风味，再加上湖光山色的美景，应酬，倒成了业余时间会生活的佐证。

我们来到偏离城市的这里时，夕阳还高高地挂在西天边的山顶。天空中有些薄雾，所以，太阳也被薄纱隔挡成了淡淡的一团。没有晚霞，但西天上，似乎也有淡紫粉红的薄云，喜庆安静，让人从心底泛起来的，竟是淡淡的对生活的热爱、喜悦和平和。

车在岸边停靠。停车场边上，是渔家饭店圈养的鸡鸭，看到有众人来到，它们叽叽嘎嘎地叫着，打破了一湖的宁静。

从岸边停泊着的两艘大船上，迎上来打招呼的小服务员。她娴熟地引我们踩着窄窄的木板踏上船来。黄河边的这种渔家饭店，据说都是信阳人开的，他们的生活习惯类似于江南水乡，所以，有的从小打鱼，早已习惯了以船为家，随着经济社会的发展，他们也把餐饮生意做到了他乡的黄河上。

这两艘船，一动一静。动的，可以开到河中心漂着。静的，摆设的桌子更多一些。我们上了动的船，上面只一桌几凳，上有雨棚，四周是船栏，坐着时，周边的景色一览无余。

几个简朴的山野小菜上来，众人唤来船家把船开到河中心，下了锚，随船漂浮着。船家驾着大船后绑缚的小船自己回去炖鸡炒菜，我们便安然地在船上品尝美食，顾盼风景，淡聊人生。

这时候，容易使人想起爱情，想起理想，想起亲情，想起生活……是的，平时因为忙碌的节奏，被淡忘了的一切真正和活着的质量有关的一切。

河中心是大片的开阔湖面，周围有一些岛屿起伏，让人忘记了身处何地，只以为到了西子湖畔。水面上，几乎看不出波澜。远处，偶尔传来野鸭的鸣叫，间或，渔家哗哗地摇着船橹来送菜和送水，摇到船边，喊一声："客人，红烧鲤鱼来喽。"

夕阳已西下，远处城市的霓虹灯闪烁着，为河中的湖镶上了一道缤纷的彩带。于城市的喧嚣和忙碌中疏离出来，人的心灵也不由得格外放松。

不知道什么时候，天落起了雨，雨滴细细密密地打在雨棚上。周遭也暗了很多，可是谁也不忍心去开灯，唯恐破坏了眼前半湖山色半湖烟雨的纯粹，破坏了耳边淅淅沙沙的雨声。

身边的人，有的在低语调侃，有的拿着手机，在给生命中那些重要的人发短信、打电话，有的起身立在船栏边，安静地望着远处，或许在思念、或许在思索，或许，什么也没想，只是在享受，享受这半湖山色半湖烟雨的难得……

这样的夜晚是美好的，人生中，能够很美好的日子其实并不多。更多的时候，我们活得太忙碌太粗糙了。

夜幕降临的时候，我们被船家带回岸边。依依不舍地告别这样原始古朴的所在，向拥挤喧嚣的城市进发。

路上，不知道谁说了一句："回头抽时间再聚，还来这里静静心。"

能有一个地方可以让人静心，自然是不错的。于是，心里盼着这下一次聚会，希望它不会太遥远。

不过是重逢时，郎未娶妾未嫁

中午，在微博上看到一个故事。这个故事，让我又相信了爱情。

故事是这样的。解放前，河南省漯河市临颍县有个姑娘叫邢玉莲，她跟随姐姐在开封生活了几年。1949 年，经人介绍，她认识了一个开封小伙子，叫赵国盛。“他一看就是好人，我可喜欢他。”今年已经 85 岁高龄的邢玉莲老人这样羞涩地回忆着那个人。

恋爱半年后，两人开始商定婚事。1949 年底，两人还未来得及举办仪式，赵国盛接到命令要去台湾。临走时，他给姑娘留下了一句话：“我会回来娶你的，你要等我。”

从前慢，一生只够爱一人。从认识到分别，两人交往不过一年，见面不过五六次，可有这一句承诺，姑娘就立下了誓言：等他。

谁料到，这一等，就是四十年。

四十年，邢玉莲度过了多少个孤独的白天，又熬过了多少个孤枕难眠的夜晚。也有亲友劝她重新寻找爱情，走进婚姻。可她说：“我觉得其他男人都不如他，最主要的，他说了他会回来娶我，我相信他。”

得有多爱，才配得上这样的信任。四十年的等待，对别人是无法想像的，对她，却是含着眼泪的坚守和信念。

黑夜亮了，要面对世俗的偏见；白天黑了，要面对内心的寂寞。四十年，期间的苦，恐怕只有她能体会。

1989 年的一天，她突然接到通知，到郑州去见从台湾回来的赵国盛。从妙龄少女到白发苍苍的老妇，再见面，会如何？邢玉莲由母亲陪同，到郑州见了四十年未见面的未婚夫。见面不过二十分钟，可深埋心底四十年的疑问和忐忑，终于落了地。总归，还好，那个男人没有负她。沧海桑田变了，那一颗心没有变。郎有情妾有意，郎未婚妾未嫁。

1993 年，赵国盛回乡探亲期间，两人领了结婚证。此后六年，还是聚少离多。只在赵国盛回乡探亲时，又见了四五次面。对他们来说，这一生的爱情，不过见面十来次，相思数十年，海峡隔情痴，鸿雁把书传。

“后来，老赵说，要接我去台湾，他已经开始办手续了。”邢玉莲挺高兴，两人六十多岁才结婚，没有孩子。有爱人的地方，就是家乡。她天天在家盼着，等他回来接她去团聚。可是这次，老赵没能实现他的诺言。1999 年，邢玉莲去台湾的手续还没有办好，赵国盛老人就撒手人寰。走之前，还给玉莲老人留下了十万元的养老钱……

看完，久久无语。随即，我在微博里回复：我又相信爱情了。

微博上，对这个故事的回复绝大多数是感动、感慨和祝福，但期间仍偶有仁者见仁，智者见智。一人说：“这叫爱情吗？不人性，不值得。”想想也是，两个人的四十年，都是在无尽的相思中度过。病了没人拿药，累了没人安抚，哭了没人擦泪，苦了没人呵护……这是爱情，还是人生的折磨？而且，我反思下我自己。作为女人，如果这故事发生在我身上，我做得到吗？作为家有女儿的母亲，我肯定，也不会愿意女儿过这样的一生。可是再想想，也释然。天下爱情，无非你情我愿。当事人不觉得苦，旁人“子非鱼又何知鱼之乐”？一辈子唯你一人，一颗心是满的，又何谈空虚寂寞冷？你不愿意过这样的一生，不代表没有人过这样的一生。存在就是合理，存在就是有人能够站出来证明：这样忠贞的爱情，不是小说写的，不是影视拍的，而是，我可以！

还有个姑娘的回复更耐人寻味：向往牵手就是一生的爱情，却生在上床也没结果的时代。现在的时代，闪婚闪恋闪离都不足为奇。爱情成了快餐。像这一对老人这样，蒲草韧如丝，磐石无转移，忠贞四十年只当弹指一挥间的爱情，何其罕见！因为少，所以更觉光泽逼人。

一人又说："还好过得不错。要是结婚后发现不合适，可不枉费了大半辈子的等待。"好在还好，他们用六年虽短暂但幸福的经历，证明了前半生的等待，是值得的，是彼此给对方争了气。

这里，我不由想起另一个民国故事，何其类似。曹诚英，胡适三嫂的妹妹，也是胡适婚礼上四个伴娘中最漂亮的一个。因为不满婆婆给丈夫纳妾，结婚三年后，愤然离婚。随后在杭州与胡适情投意合，度过了一生中最为缠绵的爱情时光，甚至有了结晶。胡适意欲离婚娶她，可胡妻江冬秀以杀掉孩子再自杀的极端方式断然拒绝。彼时抗战爆发，胡适远渡美国，留下一句"等我"后，两人劳燕分飞，再没见面。胡适后来到了台湾，曹诚英则为他一句承诺也终生不嫁，孤独终老时还嘱咐家人，把她埋在胡适回老家必经的路上。其时，胡适已去世十年有余。

她的故事令人扼腕叹息，所得结果和钦羡远不如贫民百姓的邢玉莲。

所以，所谓彼此给对方争了气，不过是重逢时，郎依然未娶，妾也依然未嫁，而已。

我老公的第三次“婚姻”

我老公的第一次婚姻。是他与结发妻我的婚姻。我们是 7 岁起的同班同学，各自上了大学后，19 岁上自行定的终身，毕业以后千辛万苦分在了一起，不久就成就了他的第一次婚姻。就是现在在各种场合里，他都会颇骄傲地向别人声明：我和我老婆，那可是青梅竹马两小无猜啊！

我老公的第二次“婚姻”诞生在去年夏天他单位组织的一次旅游中，平生没遭遇过艳遇的老公，那次回来大大地神气了好几天。

我老公的单位虽然是个处级局，但人并不很多，加上工勤人员，也就四十来人，去年夏天的一个星期天，他们十来个同事约着跟团去开封旅游了。

星期六一大早，他们就坐大巴车去了。老公对着我和孩子招手道别的时候，好像还有些依依不舍的矫情，我发誓我没有看出他有一点有外心的迹象。

老公他们第一天逛了几个景点，晚上返回宾馆，怎么着也是没遇到过这么多人一起玩过吧，兴奋地打牌、聊天、逛夜市很热闹地一直闹到了凌晨。

早上他们赶点去开封府看升堂，那里没什么稀罕的，稀罕的是他们会演戏，从几点到几点，在哪个景点有什么故事都是些熟套路，比如“杨志卖刀”“包工升堂”“街市铡人”“武松救兄”……

园子里的工作服务人员，都是宋服打扮，但头发却是现代的，是表演腻了不很细致的原因吧。据说包公身高只有 162 厘米，当开封府尹也就一年多，因为喜欢思考，经常皱着眉头，所以额头的皱纹很深，所以后代们就把他额头的皱纹演绎成了“小月牙”。

话说老公一行人，在导游的引导下，看了一系列的故事后，来到了一处所在，那里正在搞答题竞赛选状元游戏，老公他们也踊跃参加，我老公抢了几道开门题后，当上了三名秀才代表之一，被请到楼上答题了。考的都是些宋朝的历史，老公轻松地一路闯关当了当天上午的状元。很快又被宋朝一个员外抢到家里当了上门女婿，拜天地，拜高堂，夫妻对拜，成就了他人生的第二次“婚姻”。

是夜，回到家里，他还意犹未尽，拿出给我买的汴绣睡衣，给女儿买的汴绣淑女扇，还美得不行，不停讲着他的浪漫外遇，女儿听得好高兴，不由连声说：“暑假我也要去看电视剧！”我在一边冷脸问道：“你那小老婆漂亮吗？”老公听了这话，愣了半天回答：“我怎么就忘了看看她长啥样啊！”

时光荏苒，转眼到了今年。前几天，我大学室友四人打算携家属聚会。聚会由活泼好动的我张罗。地方选来选去，最后定在开封，一为我们家去那里交通便利，二为我和孩子都没去过，三为老公想回“小老婆”家省亲，当然这点是我猜测的。

闲话少说，直奔主题，我们大学同学四家大小 12 口人终于又等到开封府招亲了！

老公很导游地把我们领到招亲的地点，那地方叫明礼院清心楼，节目叫《榜前捉婿》，意思就是宋代富贵人家欲为自家小姐择一快婿时，便在开封府每年科举发榜之时，亲临明礼院与众举子一起看榜，若哪位举子中了状元，他们便一哄而上争抢，愣是要把生米做成熟饭。

听完老公给我们做的介绍，我斜着眼瞅着他说：“没想到上次你还挺风光嘛！”

我的大学同学几个人就撺掇他：“这回你还给咱争个状元，再结一次婚。”好在我虚荣心强，强撑着门面没当场翻脸，哈哈大笑着。

不一会儿工夫，楼下就聚集了黑压压几百号人，宋朝考官开始宣布考试规则：举手答题过三关后，遴选出三个人参加笔试，最后选出一人当选该届状元郎。

考官开始宣读第一道题："北宋时期开封府尹一共有多少个，包拯是开封府第几个府尹？"

前排一个瘦瘦的书生当即举手抢答："一共183个，包拯是第93个。"他很快被小衙役请到了楼上穿上了红色的锦袍。

考官宣读第二道题："开封府的三口铡刀分别叫什么名？"

右边远处一个胖胖的青年举手被示意答题："龙头、虎头、狗头。"他也被请上楼上，穿上了绿色的锦袍。

眼看着机会不多，我的同学几个人和他们的老公都开始着急地催老公："快答题，快答题，河南人对自家历史熟，咱来这么多人连个状元初试都选不上，多丢人败兴呀！"

老公横下一条心，不再顾及我的脸色是阴是晴，在考官第三道题刚一出口："开封府正厅前方的戒石铭南面北面各刻着哪些字？"他就率先脱口而出："南面'公生明'。北面'尔奉尔禄，民脂民膏；下民易虐，上天难欺'。"别说，这最后一个题还真有点难度。

老公被衙役们簇拥着送上了楼，穿上了蓝色的锦袍。

红绿蓝三个举子每人被分了一张桌子，发下试卷开始答题，宋朝的考官很严肃地当堂宣布考场纪律："不许交头接耳，不许左顾右盼，不许接手机发短信，不许使用笔记本电脑计算器……"台下一片哄堂大笑。

不知道他们答了什么，反正没几秒钟他们就都交了卷，看样子全是选答题。老公竟然脱颖而出又当上了状元！我真是又惊又喜，悲喜交加呀！

楼上的他美得向台下挥手致意，还真以为自己是文曲星了。唉，古时候考状元要是这么容易就好了，也不至于闹出范进中举那样的悲剧了。

状元诞生，自然要有一番礼仪，宋朝衙役给他换穿了一件大红色的状元袍，两边鸣放了鞭炮，贴了状元及第的告示，给状元郎发了一面铜镜做奖品（正面是开封府，反面是包公像。）看着倒也很精致。

老公在我们的笑声中正在接受考官的祝福，只见刚才还一左一右站在楼下人群里看热闹的两个宋朝员外，互相撕打着蹿上楼去。刚才答题前，老公还悄悄对我耳语：“去年就是那个个高的员外抢他的。看来，今年，这个员外家又有女儿要出阁了哟！”

两个员外一人一边拉住我那老公的袖子，各自称自己家有个女儿长到16岁了，长得怎么标致极了，怎么会疼父母了，怎么手巧会绣花了，另外那家的女儿怎么懒了，怎么馋了，怎么不招人疼了……后来我老公又被个子高的员外抢到，即刻就要拉回家中做上门贵婿。我在心里说：“这下完喽，他这下给我娶回去一家姐妹俩，我可有对头了！”

只见他被簇拥着下得楼来，又上到一处舞台。边上吹吹打打，台上就拜起了堂。老公忙坏了，拜天地，拜高堂，还夫妻对拜，应付着礼仪，应付着台下的群众的大笑和调侃，满面红光顺利地完成了他的第三次“婚姻”。

只可怜我拉着小女，就要奔包青天大堂上去击鼓鸣冤。我要状告当代“陈世美”不顾结发夫妻情分，不顾小女尚年幼无靠，嫌贫爱富另娶富家小姐。又被我那些贼同学纷纷拦住，说今天是星期天，包大人今天双休日不升堂！

好在台上主持婚礼的管家又问了几句：“先生，您结婚了吗？”

老公好像觉得答是也不对，答不是也不对，最后嘟哝着说：“好像结了。”

我在台下大怒：“他孩子都会打酱油了。”我的那些贼同学一下子上来捂住了我的嘴巴。我女儿眼巴巴地看着我说：“妈妈，你没让我打过酱油呀？”

管家又问：“是不是看见我家小姐长得漂亮，就乐不思蜀了？”台下的人又是一片哄笑，你们就哄笑呗，可是老瞅着我笑干啥？

管家又问：“你和我家小姐结婚，你台下的夫人不会生气吧？”

再看我家那位，连声替我表态：“她才不生气呢！她巴不得我跟别人跑了呢！”

弄得我不得不哈哈大笑。

好容易等到“婚礼”结束，老公红光满面提着奖品下到台下，我讥讽他：“你可真不幸啊！好不容易娶个第三房，却和去年娶的那个二房还是同一个人，你俩还重婚喽！”

老公满脸带笑地答道：“不是一个人，去年我娶那个，今年当我‘丈母娘’了，没见刚才二拜高堂时，我就在给她行礼呢！”还说去年忘了看他那二房的长相了，原来是早记在心里了。

不过……

他那“二房”长得可真快啊！去年才结婚，今年就当“丈母娘”了！

写给“鲁院”405下一个“我”

亲爱的：

欢迎你如我一样而来，入住北京鲁讯文学院405房间，一个朝阳、安静、在角落的个人空间。虽然，我们都是这里的过客。

“鲁院”在北京东北四环内角的育惠南路上，和中国现代文学馆在一个院落。院里道边多是玉兰、银杏。小鱼塘里，有许多红色的锦鲤。鱼塘旁的小花园里，多是梅树。我们来的时候是夏末，走的时候是初冬，但是我在心里，曾经设想过很多次“鲁院”的春天。单从各种梅树上的名牌，就已经读出了这里的春天。春天，“鲁院”一定是繁华锦簇，万紫千红。希望你，是在春天来到这里。

按照惯例，“鲁院”综合楼的4楼，一般是女学员的闺房。401到405五个房间，占据了“鲁院”朝阳的一整面。开始的时候，我非常庆幸能够住在405，可以享受两个月的阳光和温暖。后来，当我得知房间是按年龄顺序安排的以后，又常常因为自己年龄在班里偏大，文学创作起步太晚、时间相对少而懊恼。你，会不会和我有一样的小心思呢？

书桌的抽屉里，有历届学员留言的纪念册。我这一篇，照例也写在最新的一页。令人窃笑的是，405的留言本从开头就带着一个无法更改的错误。“带头大姐”是从书的背面开始写的。不知道她只是犯了粗心大意的毛病，把同样是古铜色古画的封底当成了封面，还是她有意不走寻常路，刻意从结束时开始，从这个角度象征了我们的学习从“鲁院”结业后，才意味着重新从零起步？无论如何，大家没有一个人纠正这个错误，都跟着她一页一页认真写起来。所以，我宁愿她是出于后者。

405 不大，但它很丰富。它应该见证过这里每一期学员的心底波澜。在这里，我也一样，焦虑过、迷茫过、坚定过，也动摇过……一忽儿雄心万丈，觉得文学似乎也没有平时想象中那么高不可攀。一忽儿又悲观失落，觉得文学路上人才济济，很难挤上去踩有一席之地。所以，2 个月的“鲁院”生活不长不短。我在这里，乐观过也失落过，快乐过也忧郁过，轻飘过，也踏实过。2 个月的“鲁院”生活不厚不薄，我时而觉得，曾经是“一张白纸”的我，经“鲁院”的描画也总会留下痕迹，收获会很多；时而又觉得，上了那么多名师大家的课，却如手中握沙，留下的，不过是掌心那一小把。理想中，我感觉回去后，我的文字定会有长进。可现实里，我又特别害怕它依然止步不前。等你来了，一定不要，不要像我一样，有急功近利的浮躁。

不知道你来时，是花开还是叶落，是飞雨还是落雪。无论你何时来，请记得，我曾经等过你，405 下一个“我”。“鲁 23”，是公安作家班。公安文学，不缺一流的故事，但缺一流的表达。在这里，我确定了自己今后“从个人化写作到使命化写作”的方向。无论你钻研的是什么，网络文学也好，报刊编辑也罢，我想，确定自己的方向和兴趣，非常重要。

我爱北京，爱她的秋天。北京的老师初见面，就跟我说过：北京，最美的季节就是秋天。头顶一碧如洗的天空，西天边漫天变幻的晚霞，道边金黄灿烂的银杏，路上一踩就“咔嚓”作响的落叶，红墙琉璃瓦逝去的王家风范，摩天大楼暗涌的经济大潮……从 405 房间，你看得见所有这些，也看得见树叶绿了又黄，天空暗了又亮，季节在变换，时光在穿梭。在短暂而难忘的夜晚，你可以选择思索、选择读书，选择写稿，或者选择安静睡足一个又一个远离工作烦恼的觉。可是，在我们这两个月里，我们几乎每个人都说到失眠。睡个好觉，成了很多人的奢望。开始的时候，我在被窝里闭上眼睛，常常听见遥远的声音在唱京戏，让我怀疑自己是幻听。后来，常有楼下“鲁院”老师的孩子熬夜练小提琴，有隔壁院子工地半夜卸钢管咣当咣当，有文学馆路边支着摊子的流浪歌手在卖唱……你也会听到这些。其实我们都明白，这些不过都是小小的干扰。失眠最大的干扰，其实还是来自每个人内心对文学的敬畏、野心和焦虑。

在405，我时常因为焦虑和按捺不住的野心，而跑向北京的一切大街。有时候在晴空万里的公园里静坐，有时候在雾霾锁城的公交车上巡游，有时候在古旧的胡同里闲逛，有时候在赫赫闻名的景区里看游人南来北往。我不是405其中勤奋的一个，希望你是。

这些到处行走的经历，零星成为我对北京细碎背影的记忆。这一时期，我在这座国际化的大都市里，看到了最密集的外国人。“鲁院”附近对外经贸大学的留学生相对其他高校要多，以至于“鲁院”附近硕大的芍药居里，就居住着各种肤色、各种口音的外国人。这种吃饭、逛超市、遛弯就能随处可见的外国人，甚至他们就是你邻居的感觉，其实也是一种文化。

在烟袋斜街，我看见一对说英语的外国夫妻带着一对碧玉般的小女孩，她们工工整整地把双手套在刚买的中国套袖里，仰着“得意”的小脸听店家的赞扬。在《我与地坛》的地坛，我看见一对中西合璧的小家庭，瘦高的蓝眼睛爸爸推着小推车，小推车里有一个洋娃娃似的男婴。中国妈妈手牵一个混血女婴，小女孩却是一口标准的北京话。在《人民文学》年度奖的颁奖礼上，坐在我身旁一位人高马大的大胡子帅哥。他一边看着中国诗集，一边仔细地用笔写写画画。我磕磕巴巴用几乎全还给老师的英语问他从哪里来？全然忘记了他手不择卷的是一本中国诗歌。他用一口标准的普通话回答我：美国。在地铁上，你可能随时能遇见一对再平常不过的情侣，可他们一开口，你却得用看韩剧锻炼出来一星半点的韩语口语去猜测他们在聊什么。

老北京的市井让我分外惬意。在鼓楼大街，我前面的俩老太太操着最地道的京腔京韵。一个说：“APEC会议证明了，这雾霾真和污染企业有关系，应该把这些个企业都迁到外地去！”一个马上反驳：

“人外地也不愿意要啊！人家也反对要这些个污染。”这种皇城根脚下市井的狡黠和小优越，可能和这里史上举足轻重的地理位置密不可分。在国子监门外，我听见一对年轻的情侣在争执，京腔里夹杂着网络用语，争着争着就斗鸡般伸长脖子盯着对方，然后又“噗”地两声乐了。八成那种“京片子”的贫和幽默感也可以化解矛盾，握手言欢。北京的市井其实还特别温暖。无论你什么时候问路，甚至问哪里有厕所，无论你眼前站着的是大爷还是大妈，无论他们是锻炼还是上街买菜，无论他们是一个还是一群，他们都会极其热情地、把你当路痴一样，给你说得特明白。有的甚至还在身后跟着你，到紧要的拐弯处，再冲你喊几句，替你指明下方向。

北京人爱聊天。无论你在公园边，还是在景区门口，你如果无意和身旁的老北京聊了句天，他们打开的话匣子就会一串一串向外抖搂他们的所见所闻、他们对历史的了解和传承。以至于我后来一直在想，在北京逛景区，何须导游呢？找个老北京大爷聊聊，你所获得的一定比导游介绍的丰富许多。

在“鲁院”405，天天能看到下面文学馆几座建筑的棱体状尖顶。它们安静地等待着它们的来客，等待那些为文学而来的过客。可我把最大的遗憾留在了这里，没有抽出时间仔仔细细挨个把文学馆参观一遍。这就和人惯常的旅游一样，距离和艰难才能产生美。眼前的景色，总不觉得是景色，或者总觉得会有机会去，以至于到最后，只给它们留下了忽略。人的感情是不是也是这样？得不到和已失去才最可贵，好奇和敬仰只给陌生人？忽略了庸常的相守，忽略了身边最值得宝贝的亲近。你，不会也这样吧？

我爱北京，爱她的秋天。可是冬来了，我得回我的小城去了。好在有你，下一个“我”，下一个为文学而来的“我”。如果有机会，让你知道我，我知道你，希望是在某个和文学有关的场合。

我来时也不意气风发，我走时也未志得意满。

我来自河南三门峡，我属于“鲁 23 公安班”。我是渺小的文字爱好者，煮字疗饥，风雪兼程……

2 个月很合适，再长了会想家。我没有舍不得。

谢谢北京！谢谢“鲁院”！谢谢405！
也谢谢你，405下一个“我”！

心灵
2014年12月15日

三角房中的“毒草”

三角房是我家的厨房。“毒草”是一些小说。

那时，母亲领着我们兄妹住在她单位的平房里，父亲在乡下工作。我家孩子多，兄妹三人都跟着母亲。在母亲的多次要求下，她单位的领导为了照顾我们，又把一间原来是仓库的拐角房分给我们当厨房。

回忆起来，三角房应该是直角梯形的。可大家，尤其我们家人都叫它三角房。七十年代末，我刚上初中，三角房对我吸引最大的，就是那里面堆着父母用来放书的几个大纸箱。

父母虽然文化程度不高，但却是爱书人，有时我们学过的课本都不舍得扔。所以，那时不知道是通过什么渠道，存了几大纸箱的书。这些书，最多的是长篇小说，还有一些“毛选”、科普读物等。

三角房低矮潮湿，那些厚厚的长篇小说被我偷偷翻出来时，还带着古旧发霉的味道，但我却像挖到了宝一样兴奋。只要有时间，我都悄悄藏在三角房里看书。那些书陪伴了我多少青春期的寂寞时光啊！高尔基的《在人间》《我的大学》；丁玲的《太阳照在桑干河上》；杨沫的《青春之歌》；还有《红旗谱》《三家巷》《家》《春》《秋》《苦菜花》《苦斗》等都是我那时的课外读物。

对于一个刚刚长大的孩子，懵懂地撞开了一扇文学之门，那里面呈现出来的精彩纷呈的世界让我如此着迷。很多字不认识，也顾不上查字典，囫囵吞枣只管往下读，慢慢地写作文再也不发愁了，精彩的句子顺口就来。懂得也多了，很多历史典故、名人故事脱口而出。

不记得是哪一天，母亲突然推开三角房的门，看见我捧着书坐在小木椅上，大喝了一声：“难怪半天不见你有动静，又钻在这儿看闲书了！”

母亲为什么用“又”字？也许她已经不止一次发现了我的秘密。那些书，虽然父母舍不得卖、舍不得烧、舍不得上交，可确实有些是被批判成“毒草”，母亲觉得这事很严重，一个正在发育成长的孩子读“毒草”，她会不会受到思想毒害，会不会被引领着走上歧途？变坏？

母亲专门和父亲郑重地谈了这件事，父亲和我谈了话，他很严肃地批评我不该把心思用在看那些小说上，应该用在学习上，没事多做题，多看课本，总比看小说强，况且，我的学习成绩平平，又不刻苦。

从此以后，那些书使我有了负疚感。不看不行，家里就一个箱子和几个抽屉能上锁，还要放衣服和家里的重要票证等，根本锁不下那些书。还是特别想看，还是能钻到空子看。看的时候，总要悄悄提醒自己：“我不能受毒害，我要会鉴别，我就不变坏！”

如今再回忆起这些，经常会哑然失笑。可多亏了那时那些书，我如今才能在文字工作的岗位上“发光发热”。人到中年的我，再回到父母家中，依然会习惯地翻翻书架上存留了几十年的旧书，仿佛再次抚摸到了我的少女时代。父母再谈起那些禁我读书的往事，当笑话一样讲。

羡慕女儿，生在自由自在的年代。她也不过才是初中年代，就已经拥有了几十册中外名著，老师推荐课外必读的，父母亲戚送的。那些书堂而皇之地放在她床头的书架上，她想读就读。她不知道，那些书曾经是“毒草”，是禁止小孩子看的，小孩子要看，得偷偷摸摸做贼一样看。

走进鲁院

走进鲁院的那个时刻，北京已经临近傍晚。“鲁迅文学院”五个大字正在夕阳的余晖下，闪着晶莹的光。

人一生总有某些时刻，心怀一种神圣的仪式感。我拖着两包行李，在鲁院门口驻足时，像极了一个刚被录取来报到的大学生。并且，那种感觉和学生面对母校时，心中油然而生的那种神圣感类似。

一张白纸，一个起点，一次终身难忘的学习经历，又一次的从零开始，可不就是学生走进大学的感觉嘛！

门厅里，欢迎鲁院第二十三届中青年作家高级研讨班（公安作家班）字样的电子屏幕正以热烈的红色扑面而来。四周的文学名家画像使得天井也颇有文化氛围。入住，在同学 QQ 群里也报了到，房间有电脑、网络，妙不可言！和前来串门的同学聊天。然后，毫不意外的，在鲁院的第一晚，虽然大半天折腾在路上，虽然住宿条件非常好，虽然鲁院的夜晚极为安静，我，还是失眠了。

失眠的夜晚格外漫长，翻着 405 房间有历届学员留言的记忆本，读着鲁院的纪念册，我心里的激动也越积越重。来之前，我特意搜了鲁院作家班的情况，知道自己将要面对的，都是名师授课。自己周围坐的，也都是全国公安文学的行家里手。心里是忐忑，是不安。我 38 岁那年才拿起笔开始写文学作品。9 年的写作生涯，算来正经专注就写了一年多纯文学作品，然后就调进宣传岗位。其余 8 年里，公安新闻是专业，纯文学成了玩票。如今，要正儿八经坐在鲁院的殿堂之上，加油充电，内心的激动真的难以抵抗。

第二天早上，早早洗了澡，换了制服，早早在教室坐定，期待着那些从来没有机会见过的人的出现——铁凝、李冰、祝春林、钱小芊、王亚茹、杨锦、成增樾、张策……

48名学员，两个白衬衣，平均年龄43岁。中国作协和全国公安文联联合办公安作家班，这已是第三期了。此前，我曾经在一个公安杂志作者QQ群里询问：有无公安三期的学员同学？一期的一个同学当时调侃说："我们前两期梦寐以求被鲁院正式收编，结果，你们小三上位了。"笑过细想，他说的还真是事实呢！我们第三期公安作家班是被鲁院正式纳入中青年作家高级研讨班序列的，排在第二十三届。

开学典礼和入学教育上，中国作协、鲁院、公安部政治部、公安部宣传局的领导们说："鲁23是鲁院第一次为一个行业开班的班，只能成功，不能失败；公安事业的伟大和辉煌，为文学创作提供了源源不断的素材；公安作家班学员，应该有振兴公安文学的担当和责任；中国作协领导为公安作家班"三番五次"的前来令人感动（三是指公安作家的三期班，五次是一期二期的开学、结业典礼和三期的开学典礼，中国作协的领导都莅临现场）；一进鲁院门，终生鲁院人；鲁院的唯一性、开创性和不可替代性造就了一代代的名作家；现在我们坐着的同一位置，莫言、张抗抗、余华等作家也曾经坐过，他们也曾经在这里迷茫过、焦虑过、奋发过……"

排队合影的时候，我听见旁边等待的公安部政治部副主任王亚茹看着我们，悄声对身边的公安部文联秘书长张策说："这期女警多啊！"张秘书长回答："女警写文章有优势，细腻。"他们相视颔首的时候，我是有些自豪的。15名女同学，占历届公安作家班男女比例最高。也许，听见他们对话的同学没有几个，但女警作家在警营的地位，由此可见。

下午，看完鲁院的宣传纪录片后，我的心情更是久久不能平复。一个人静静坐在教室里回想，曾经开过很多次会议，听过很多次讲话，看过很多纪录片，能让我听得热血沸腾，激动得热泪盈眶的，仅此一次。我想，这种感觉，也许就是一个大龄女警内心对文学的热爱和梦想。

走出教室，路过鲁院校园楼的大门，门口火山岩上篆刻的鲁院校训映入眼帘，“传承、创造、担当、超越”。伴着耳边丝丝入耳的笛声，向往着月底将列席的鲁迅文学奖颁奖礼，我在校园楼后溜达。在一颗高大的早花玉兰树下，我看见两朵破土而出的小蘑菇。它们互相支撑着，努力地拱出坚硬的地面，洁白，饱满，不引人注目，却充满生命的力量。

在中国现代文学馆旁的银杏树下，我再也控制不住情绪，决堤的泪水奔涌而下。望着树上满满当当的银杏果实，我在内心呼喊：鲁23公安班加油！

期待不久的将来，大家都能像鲁院这些银杏树一样硕果累累！鲁院，以后就是我们的母校了，不要辜负母校！

痴心无悔为文学

金秋时节，我和来自全国公安机关不同地方的 47 位公安作家，在北京度过了一段难忘的岁月。

这段日子，是净心和纯文学缠绵的日子，更是真切感受公安文化人一腔热血树警魂的日子。

祝春林主席，就是一个对公安文化倾注了一腔热血的人。11 月 13 日，是北京举办 APEC 会议后的第一个工作日。这天，天空澄澈，空气清新，我和鲁迅文学院第 23 届中青年作家高级研讨班（公安作家班）另外 11 名班委、支委一起，应全国公安文联主席祝春林的邀请，到公安大学文联办公室，向祝主席、张策秘书长汇报学习情况。

第一次走进全国公安文联，在大楼门口和楼梯口的牌子前，我忍不住拍了几张照片作为留念。全国公安文联好比公安作家的娘家，首次回娘家的感觉，格外亲切和新鲜。

祝主席和张秘书长亲自在楼梯口迎接我们的到来。这是我第三次见祝主席，另外两次，一次是开班典礼，一次是他来授课。听说他授课前还曾与部分同学座谈过。他声音洪亮，举止从容，目光坚定，周身泛着公安文化人领袖的气质。坐定后，大家一一给主席和秘书长汇报了全班同学学习、生活、写作发表和社会实践的情况。言语中，都表达出了对公安文联和鲁院的爱戴之情、崇敬之意和感激之心。

听完大家的发言，祝主席点头赞许。他欣慰地说，你们这一届公安作家班，与以往两个班相比，有三个变化：称谓变了，由研修班到高级研讨班；地点变了，由借住公安大学到入驻鲁院本部；经费渠道变了，由公安部投入到纳入鲁院教学计划。大家肩负的重任和寄托分量更重。总之，这三期公安作家班的举办，上承天意，下接地气。开办这三期作家班时，都恰逢国家级的会议召开，尤其是你们学习期间，习总召集开了文艺工作座谈会。这是上承天意、下接地气，是因为孟建柱同志说过：公安机关，不缺一流的故事，缺的是一流的表达。公安机关急需文化人才，这是软实力，是文化强警的必经之路。

然后，他流利地背了一组数字：五年来，全国公安机关因公牺牲 2161 人，其中已婚 1181 人，未婚 288 人，最小的 18 岁，平均年龄 42．37 岁，正是上有老下有小的顶梁柱阶段。遗孀、鳏夫 1790 人，遗腹子 15 人，平均年龄 17 岁。

他说，这组数字，令人震撼，揪心。从它里面，我们体会了什么叫和平年代最可爱的人，理解了公安文学创作的重任和担当，更理解了我们身后这支队伍的殷切期待。回来的路上，大家沉默着。我暗暗记下了他的话：我们三期作家班共 137 人，要当 137 颗种子，牢记作家的良知和责任，用坚韧的力量，迎风傲雪，破土而出，讴歌正能量，弘扬主旋律，为公安文化的发展尽己所能。

我本以为这种感觉深埋心底，能在今后“从个人写作转化为使命化写作”的艰辛路途中，做好自己的本分即可。没想到，第四次见到他，听了他在结业典礼上的发言，却让我及更多的同学再次为之动容。

看到年近 70 的他，为三期公安作家班的成功举办，感谢中国作协铁凝主席、李冰书记“三番六次”前来出席开学、毕业典礼，对公安作家高看一眼、厚爱三分，而深深鞠躬时，同学们为他鼓掌。听到他宣读那组令人震撼的数字时，在场的人肃然起敬。当他最后说，公安文联永远是大家的家，是大家的坚强后盾，会一如既往地为大家分忧、解难、加油、鼓劲，欢迎大家常回来看看！语未毕，情难抑，他哽咽着，老泪纵横。

此时，台下，掌声过后，已是一片唏嘘。

临近毕业，那几天，我还一直逃避着什么，想方设法跑出去，想冲淡什么。可是，当他擦泪时，我突然抑制不住，在台下崩溃、泪崩……

那一刻，我突然明白了，为什么结业前晚，男同学们在走廊上吼歌到半夜，女同学们说起离别就红了眼眶。那是因为，公安事业的崇高和艰辛，让他和大家都充满着自豪和责任感。对公安文学的痴心无悔，又让他和大家觉得公安文化人的使命和担当，有千斤重、万里长。莫说，在北京、在鲁院，我们就离文学近。更莫说离开北京、离开鲁院，我们就可能离文学远。只要大家牢记使命，咬定青山不放松，维持住在鲁院对文学的渴望和追求，时时激励自己，多写，多出成绩，何愁公安文学没有"万紫千红总是春"的一天！

痴心无悔为文学，愿以我笔歌琴心！

像冰心那样幸福地写作

很小的时候，就读她的《小橘灯》。后来，时光过了很久，我的女儿也在读《小橘灯》了。在她清晨的背诵声中，那盏照在山路上橘黄色的小灯笼，又回到记忆里，暖暖地照着。

后来又陆续读过她的《寄小读者》《南归》《冬儿姑娘》《我们把春天吵醒了》《樱花赞》《拾穗小札》，还有她曾引领风骚的“冰心体”短诗集《繁星》《春水》……

喜欢冰心，不只因为她是我最早接触到的女作家，还因为，她文字中那种温暖、爱、美和童心……

后来读张爱玲，看到苏青说：“看冰心的诗和文章，觉得很美丽，后来见她非常难看，还时常卖弄她的女性美，就读不下去了。”张爱玲的话与之对应：“如果与冰心比，我实在不能引以为荣，只有和苏青相提并论，我是甘心情愿的。”

她们这样说，也许是因为不同生活环境和人生际遇下，写作风格和透视角度大相径庭的原因，也许是因为文人相轻。但是，我心里却为冰心暗自不甘。

回眸冰心的文字，她何尝有一次直接说自己美丽过，不过，她文字中透出的温柔、婉约和纯洁，却无时不令人泛起美感的涟漪。

如果说女人如花，冰心就像池塘清丽的荷花。她的文字干净纯真，芳香四溢，里面的美和感动打动着我们粗糙的心。

如果说女人是诗，冰心就像她的《繁星》《春水》，她的文字简洁明了，温暖四溢，里面的真和充实打动着我们忙碌的心。

如果说女人是书，冰心就像端庄典雅的精装正版书，她的文字纯洁高雅，不染纤尘，里面的实和纯粹打动着我们浮躁的心灵。

如果说女人是海，冰心就像她从小生活在侧的那片海，她的文字博大宽广、荡涤灵魂，里面的厚和壮丽打动着我们狭窄的心。

冰心还可以像稚嫩孩童："风雨来了，我躲到妈妈的怀里"；还可以像慈祥母亲："爱在右，同情在左，走在生命路的两旁，随时撒种，随时开花"；还可以像红颜知己："最乐的时间，就是和最知心的朋友同在最美的环境之中，静默着没有一句话"；还可以像无敌战士："成功的花，人们只惊慕她现时的明艳！然而当初她的芽儿，浸透了奋斗的泪泉，洒遍了牺牲的血雨"……

大千世界，世间百态。作家的风格也像五彩缤纷的贝壳，散落在生命的沙滩上。没有必要千人一面吧？百花齐放才是春。有人喜欢揭露假恶丑，就有人喜欢歌颂真善美。像冰心那样，以一朵花、一首诗、一本书、一片海、一个孩童、一个母亲、一位知己、一个战士的形象，以幸福的心态和角度，写尽人间所有的温暖、美丽、单纯、母性和优雅……，该是一件多么惬意的事！生命如此短暂，且做一个灯下悠闲写诗的小女人，心情温暖，一如春天。

像冰心那样幸福地写作，又有什么不好呢？

用快乐的心情去读书

爱好写作的女人，总是敏感而细腻的。这种性格特征显现在生活的表层，就难免比旁人多了一些类似忧郁的气质。曾经有一段时间，我把读书当作排忧解难的伴侣。言外之意，就是，读书只是为了慰藉自己或寂寞或孤单或郁闷的心灵。

不得不说，读书的确是个好爱好。大多数这样郁郁寡欢的日子，我都是仰仗着一本本经典的图书扛过来了。可是，我发现，后来的日子里，每每需要我重新拿起那些慰藉过我的书时，那些不快的记忆便会紧随其后，更加迫不及待地唤醒我彼时的郁郁寡欢。读书竟然成了回忆不悦的帮凶？

后来，我竭力去改变这种状态。郁闷时，改去旅行、逛街、美容或者洗澡。而读书，我多半选在了心情安好、有下午茶、傍晚雨或者床前灯相伴的美好时分，享受读书带来的愉悦。

我终于发现，用快乐的心情去读书，读书才是一件快乐事。在读书的时候，心中充满对生活的满足和爱意，抛却世俗的烦恼和郁闷，书才可以成为良师益友，和它的互动和亲近才松弛而惬意。

用快乐的心去读书，才可以专注而投入地品味书中呈现的世界。那些徐徐赶来约会的文字才能更加打动人心扉、启发人思维，才可以真正体会到读书的乐趣和收获。

用快乐的心去读书，才可以充分享受生命的安静和祥和。看到悲剧不伤感，看到不公不愤青，看到恶人不切齿，看到贫困不忧患。才可以更以一颗包容和思索的心来打量眼前的世界；更以一颗奋发的心来造福人类和社会。

用快乐的心去读书，才能使读书成了一件有用的事。培根说："读史使人明智，读诗使人灵秀，数学使人周密，科学使人深刻，伦理学使人庄重，逻辑修辞之学使人善辩；凡有所学，皆成性格。"读书如此有用，何乐而不为？为之何不乐？

下一次，当你打开一本书时，请在手指摩挲书页时，细细体会那种美妙的呼唤、踏实的温暖和淡淡的墨香，我相信，如果你是快乐的，你肯定会开卷有益。如果你是不快乐的，请在翻开书那一瞬间，赶快换上快乐的心情。因为，读书，真的不需要太沉重。

雨天读《庄子》

秋日多雨，多雨的休息日，便也多了几分宅在家的理由。作为资深宅女，最喜的，莫过于坐在阳台的摇椅上，用脚凳垫高腿脚，身旁，一壶绿茶，和着沙沙的雨声，捧本书读，这境界，自觉已足够小资。

前些时日，给小女买书，恰在街头偶遇一硕大的书摊，正版的书，竟然只要半价。喜不自禁之时，抱了满怀的书回家。这其中，便有“四子”——《庄子》《孟子》《孔子》（又名《论语》）和《老子》（又名《道德经》）。

适逢雨季，回家来便抱着书窝在阳台上，一窝便是大半天。把买的书码在身边厚厚一摞，一本一本来回翻，最先爱不释手、打动心底的，正是《庄子》。

记得上高中时，读过庄子，走马观花不甚了了。前一段，听于丹讲过《庄子》，也是听得断断续续，但也算大致温习了一遍。

今日得《庄子》，原文、注释、故事穿插，看得人不由得豁然开朗，犹如醍醐灌顶般突然心门大开，灵光乍现。

《庄子》，共 33 篇，分内篇、外篇、杂篇三部分，与《周易》《老子》一并被称为“三玄”，在中国文学和哲学史上有其不可多得的地位，被誉为我国古代典籍中的瑰宝，可见不是浪得虚名。

庄子的智慧，犹如浩瀚海洋，博大精深；庄子的思想，犹如繁茂森林，寂静安详；庄子的品德，又犹如行云流水，浑然天成。

评天下，无为而治。治国家，道法自然。遇困境，随遇而安。遇顺应，适可而止。自省时，知人者智，自知者明。省人时，忠谏不听，蹲循勿争。富贵时，物无贵贱，平常待之。贫贱时，福祸双行，泰然处之。

庄子一日梦醒，回忆梦境中身化彩蝶，翩翩起舞，于是顿悟哲思：不知我是蝶之梦，还是蝶是我之梦？闲观“泉涸”，见“鱼相与处于陆”，遂叹：“相呴以湿，相濡以沫，不如相忘于江湖”；看人间众生相，他发出感慨：“君子之交淡若水，小人之交甘若醴，君子淡以亲，小人甘以绝”；观世态炎凉，他能给出：“螳螂捕蝉，黄雀在后”的忠告；研究人的智慧，他能分辨出：“知其愚者，非太愚也，知其惑者，非大惑也”；论为人处世之道，他善意劝人：“不精不诚，不能动人”；品评道德修养，他告诫后人：“大道不称，大辩不言，大仁不让，大廉不嗛，大勇不忮”；人生在世，他说，要“逍遥游”，因为：“至乐无乐，至誉无誉”。——这是何等玄妙的哲学，又是何等绝妙的智慧啊！

庄子，是一位睿智的知者，一位慈祥的长者，一位敦厚的善者，一位良师益友，一位灵魂知己。

雨天读《庄子》，沙沙雨声，温润如玉，其间怡然惬意，世事的忙碌困顿竟不翼而飞，恍惚间，逍遥自在，混沌顿开，真有不知天上人间，今夕是何年的境况。

天下之逍遥美事，大抵莫过于雨天读《庄子》吧？！

爱文字

这两个月，被抽出来专门参与做一本工作画册，一直没有写稿。某日，当画册的整体设计获得领导首肯，只等印刷的当口，才恍然遗憾：呀，已经远离文字两个月了啊！

这在我的写字生涯中是绝无仅有的。从 2001 年开始在内网几个论坛当管理员时初尝写字味道，文字被众位同行网友喜爱，到 2006 年正式开始向各大刊物投稿，迄今大约有十几年的光景从没让自己离开文字、离开叙述，哪怕仅仅是短短一周。

“两个月没写过文字了啊，怎么我竟然不想念？”我问小同事。“王姐，画册里你写了不少文字呀！”一语惊醒梦中人——这两个月，我何尝远离过文字，而是在画册里也写下了万言内容的。

这样一想，心里才又踏实起来。爱文字的人，能时刻与文字相伴，煮字疗饥，才感觉是妥帖的活法。某一天，即便离开了目前的岗位、即便退休，我想，我依然会是个时常要为自己调文字羹汤、果精神之腹的人。

作为一个警察，曾经以为只有刀光剑影的一线才能体现警察职业的崇高伟大。可我曲径通幽，近年来不时收获着因文字工作而得到的丰厚回报。作为一个在宣传岗位从事文字工作的人，也曾经以为只有公文、通讯、小说等须臾离不开文字，可参与编辑这本内容弘大的画册之后，才突然领悟到，宣传工作的每个领域，其实都须臾离不开文字的魅力。翻开眼前这本画册，觉得文字就是图片里的点睛；回想下是同事正忙的专题片，觉得文字就是片子中的添花。电影、电视剧，如何离得了经典的台词；戏曲相声，又如何离得了出彩的对话；就连一首动人的歌，旋律和歌词到底是哪个更感人肺腑，恐怕也是仁者见仁、智者见智的事。

如此爱文字，以至于在这样工作的闲暇、在这样细雨静静落下的午后，要专门写一篇东西来描述自己对文字的热爱。

文字如此浩大，文字如此广博。它如沧海，如桑田，如星空，如宇宙。它是高山，等待人攀登；是河流，等待人航渡；是森林，等待人徜徉；是雪野，等待人唤醒……

感谢文字，使我们能在对现实生活略感失望的时候，可以写些阳春白雪的文字开导排解；感谢文字，使我们能在被人中伤的时候，可以写些唯美唯真的文字安抚情绪；感谢文字，使我们能在对前途命运略感迷茫的时候，可以写些风花雪月的文字美化启迪；感谢文字，可以编织美丽动人的故事触及我们的灵魂深处；感谢文字，可以雕琢或深或浅的哲理引领道路……

与文字为伍吧，它能为你疗伤、给你添香、救你落俗、去你孤独。

如此爱文字，愿此生与文字为亲、为友、为邻、为伴。看我博客的签名，十年了，它一直写着：人生注定是单程的，且做一个灯下悠闲写字的小女人，心情温暖，一如春天……

读好书，是有用又美好的事情

人到中年，人生有了一些阅历和积淀后，生活方式也有了一些变化。穿衣不穿地摊货了，吃饭不吃路边摊了，读书，自然也非好书不读、非经典不读了。

私下觉得，这是走向精致、走向品位、走向美好的一种努力，也一直这样坚持着。地摊、通俗、情色，自然算不上好书。更延伸些，恐怕穿越、宫斗、商战、官场也算不得经典……这些书可能一时流行和引人眼球，但不可能流传千古。在我的归类中，哪怕它们很畅销，也绝不跟风追捧和点赞。可能我的归类有些偏激，好在我影响的只是我一个人。好在别人怎么看书，自有个人认定的选择。在“鲁院”学习期间，曾有老师说，作为一个作家，当个杂家是必要的，这就意味着，想成为一个合格的作家，什么类型的书都要看，摄影、哲学、历史、戏剧甚至菜谱。当然，杂不代表读书的不选择，也不代表杂中不选优。所以我所谓的好书和经典，是特指文学作品范畴的。当个杂家的问题，还得另当别论。

好书，一定是经典的，能够长久流传的，赢得普遍认同和赞许的。它的历史、社会意义和对人类情感、生活方式的剖析、启迪和潜移默化，都有比较广泛的影响力。

小时候家穷，读书没有条件“挑食”。记得我在《剑兰周刊》上发表过一篇散文《三角房中的“毒草”》，文中说的就是读书的往事。那时候家里书太少，逮着什么读什么，甚至对“毒草”也是爱不释手。那时以为自己喜欢“毒草”，是因为有惊心动魄的叛逆心理在作祟。成年后才知道，“毒草”看得津津乐道，是因为人家写得好，是好书，是经典。只不过在扭曲的时代里，暂时充当了一段被批判的工具而已。现在生活好了，家里也有好几百藏书了。选择性地买些好书，看些喜闻乐见的经典之作，也不是难事了。人生短暂，看过的书，记住的人、做过的事、写过的文都有限；大千世界，诱惑接踵，业余时间能用来阅读，可用的时间也不多，怎么能不把有限的阅读时间用在读好书上呢?!

好书，对人是有用的。好书可以提高人的素养，是人获得知识的捷径。好比为人打开了一扇通向历史、更高领域的窗户，使人见识更广、眼界更宽、思考更深，可以看到超越自身体验的更加色彩斑斓的人文和情感世界。从好书里，我们可以在历史的刀光剑影、血雨腥风里，借鉴前辈的经验教训；在哲学的博大精深、逻辑推理里，感知世界的奥秘和规律；在爱情的感天动地、沧海桑田里，唏嘘有情人的从一而终；在亲情友情的血脉相连、骨肉相牵中，体会情感虽无形、感人却至深的厚重绵长；在诗词的风花雪月、写真描绘里，惊叹人类语言的魅力和韵味；甚至在焦头烂额、一地鸡毛的寻常琐碎里，反观自己生活的质地和品位……从掌中好书，看尽人间悲欢离合，品足人生酸甜苦辣。书虽小，其中的世界何其广阔。

好书，对一个立志成为好作家的人而言，更是有用的。它的语言、人物、情感以及框架和表达方式，对写作的人而言，可以比喻为油库、粮仓。经常写作的人都有这样的过程，灵感来袭时，手指在键盘上如游龙走凤，写一段以后，突然会觉得素材用尽了、脑子放空了、笔下无物了。阅读好书，在这个时候就显得尤为重要。它的作用就是加油、补充给养。有几位知名作家在谈及自己的阅读经验时，有的说把《红楼梦》读了二十多遍，有的说曾经大段大段地抄写名著，有的说起某些经典能倒背如流。我们每个人在上学时，不是也背过经典文章和诗词，也抄过好词好句吗?读书破万卷，下笔如有神。阅读好书，就是对笔力的防锈和磨砺。

好书，对于一个人、尤其一个女人、尤其一个写作的女人而言，也更是有用的。书籍对人的温润和滋养，想必会潜移默化到脸上和装扮上。“腹有诗书气自华”，古人应该诚不欺人。读书，对于女人而言，是最好的美容养颜方式了。它对人气质的养成、修养的提升和为人处事的层次，有着滴水穿石、润物无声的功效。它不是作用于人的肌肤表面，而是作用于人的精神和灵魂。虽缓慢，但治本。前几年回大学母校，有二十年没见的老师同学惊讶地说，我比上学时漂亮。一个奔五的女人比青春年少二十岁时漂亮，这很可能有恭维或忽悠我的成分，除此之外，细想想，八成也是十多年的阅读写作经历，使我多了几分知性气质，如此而已。

别说我现实，我只是愿意把有限的业余时间，浪费在读好书、读经典这样有用又美好的事情上。你，愿意和我一起吗？

每天读书一小时

曾经看过一个民调数据，说我国国民人均一年读纸质书 4. 56 本，电子书 3. 22 本，42%的成年人一年从不读书。

这个数据有些惊人。好在，因为有近十年的写作爱好，读书于我必不可少。所以，不仅坚持读书，而且要有计划的必须读书，这是我给自己下的硬任务。

走出校园后，读书成了很多人靠自觉才能完成的事。自觉的读书人中，有计划读书和“三天打鱼两天晒网”读书的，这样日积月累，成果会显著不同。大概算算，如果一周读一本书，一年坚持下来是 52 本。52 本，数字看上去不大，但贵在坚持。我们身为警察，工作忙压力大，读书必须挤时间。起初，我给自己定的计划是每天必须看 10 页书，如果临时有事，后几天必须补上。后来发现，10 页书太少，每天不到半小时就能完成，然后时间又给了手机、电视……伤了眼不说，零零碎碎的片段化读书和微阅读像快餐文化一样，因为太少太碎太不连贯，起效也甚微。

于是决定，每天至少读书一小时。这样做以后，效果果然好了很多。因为时间长，所以拿起书时，心先踏实了。阅读、品味，细致入微；摘抄、记心得，有条不紊。这么做了以后，我发现，读过能记住的多了，体会深了，读书量大了，速度快了，书库的告急也变频了。

后来，我发现，“每天读书一小时”在微博上被众“大 V”提倡了，甚至，还成了《告别平庸的十种生活方式》之第一位被倡导。于是我想，如果在家人、同事、朋友圈里也发起一个“每天读书一小时”的活动，督促自己和别人捧起书本，不知道有人响应没？

从零开始

一天，走在下班的路上，和一位同行大哥边走边闲聊，就聊起了我的生活阅历。

我告诉他，在我18年的工作生涯中，已经经历了三次从零开始：第一次，大学毕业，在市区一家生产精密仪器的企业研究所工作，离开象牙塔，开始独自闯荡，这是第一次从零开始。

因为不喜欢父母兄长为自己选的专业，那时的自己每日痛苦万分。很久以后，恰逢各地公安机关为组建110招聘会微机操作的工作人员，因此，我最终在工作了7年、中级职称已经到手的情况下，毅然决然抛弃了自己的专业，来到市区附近一个县公安局的110工作，开始了我第二次的从零开始。

县里离市区的家十余公里，每天早出晚归。110组建运作过程中，从档案、台账到考核、达标，再到电脑数据、办公硬件，无不凝聚着我的心血。印象最深的是开始往电脑中输入电话机主和警力信息时，常常忙得连厕所都顾不得去。后我还被提拔成副主任。

110的夜班三天一个，加上那时因为工作日趋老练，值班不能离岗而又很枯燥，于是，爱上了写作，零星地往媒体上发一些110打击破案、服务群众的小“豆腐块”。2005年底，开始把写作当成了最爱。2006年，也开始在大报大刊上偶有露面。这样，一晃在110工作了快十年后，得益于上级领导的知遇之恩，我又开始了工作生涯的第三次从零开始，到市局当了宣传专干，并在照顾家庭和孩子上有了更多的支配时间。

大哥听完我的一席话，不无惋惜地说：“你老这样从零开始，可不行啊！”我读懂了他话语中的关切。

后来，又有一位同行大姐问起，在听完我的叙述后，她也说了类似的话：“人一辈子工作的时间有多长啊，这几个从零开始，把你都耽误了。”我也读懂了她话语中的关切和惋惜。

可是，我并没有为我的三个从零开始感到很悲哀。传统意义上，从零开始就意味着前功尽弃或者道路的坎坷和曲折。然而，随遇而安也是一种选择。我的人生，是我选择的，既然选择了，就只能无怨无悔。人近四十，还能有机会把业余爱好和工作岗位统一在一起，部门工作因为有自己的努力，能有所收获，从《河南公安报》编辑老师的口中，也偶尔能混个“才女”的玩笑称谓。这是多么值得庆幸和开心的一件事情啊！

虽然传统意义上的功名利禄离自己还那么远，甚至，因为还是借调人员，根本无从顾及还要为这些而烦恼。但是，我所拥有的今天，绝不靠金钱、关系换来；近年公安的氛围，也进入了靠能力和贡献论英雄的大好时代；工作中，得到领导和同事们的赏识和认可；每年年底，细数着自己变成铅字的大大小小的文章；安排好下年的计划，朝着新的目标奋进，这又是多么值得感恩的种种啊！

所以，我庆幸，我在年近不惑的时候，还有从零开始的机会，这也是人生赐予我的财富。我庆幸，年近四十，我还能和年轻人一样奢谈理想，没有沦落为一个东家长西家短的闲妇，没有消极和怨天尤人，没有因为忙碌忘记了自己是个小女人，美容、瑜伽、逛街，我照样一个都不能少。一张素面朝天的脸，也照样会被别人猜小年龄。

虽然因为写作，我的闲暇时间很少，可我无怨无悔，写作着的我，是最美丽的！我不得不感恩，在每一个挑灯夜战的夜晚，能够平静地守住寂寞和孤独，和美丽如初的文字双双起舞，在每个黎明到来的时候，积极向上地活着，做着自己和家人的榜样。

从零开始，就是抛却昨天的所有，以崭新的面貌，向着明天，脚踏实地地从今天开始，从现在开始，就是在心里点亮了一盏不灭的航标灯——有它的照耀，生活，很新，也很美……

写作路上，因你起步

经常有新加我的朋友说，你的 QQ 昵称“穿过人群凝视你”，起得咋那么多情呢？

其实，那是我写的第一篇小说的题目，可以在网上搜到。

我的写作道路，就是从这篇小说起步的。

大约是 2001 年左右吧，那时的网络刚刚开始在百姓家普及。通过拨号上网，我很快学会了 E-mail、论坛和聊天室等功能的运用。

在最早的同龄人聊天室，我认识了一个同行。通过闲聊，我知道了他正在休假，是个即将离开警察队伍、调到银行担任保卫处长的青岛刑警。我对他因事业暂现不顺、刑警工作压力大就决然脱去警服的举动表示了强烈的鄙视，狠狠挤兑了他一通。不打不相识，没想到他后来听从了我的劝告，在领导的挽留下，又回到了警察队伍。

后来我们成了无话不谈的好朋友，不经意间，我们成了“上网只为等他（她）”的那种朋友。他的喜怒哀乐、他的出生入死，甚至他的伤痛疾病，慢慢都成了我高度关心的内容。他对我情感的依恋也越来越重。甚至，他说我在他单位也成了名人。有一次，他的团队都和我一起聊天，他们管我叫“二嫂”。

原本纯真的战友之情蜕变成了“网恋”，这在当初都是我们始料不及的“意外”。那一天，我痛下了决心，决定，从他身边“消失”。

那个晚上，整整两个小时，他在聊天室的公聊大屏上写满了一行行醒目的寻找“二嫂”的大红色字句。

我那会儿还在县公安局 110 当接警员。那时，110 的工作并不是很忙。第二天，还沉浸在浓浓悲伤中的我，利用接处警的间隙，把这件事一段一段写了下来。写完一段，就贴到内网我担任管理员的龙江论坛上。

记得，我给这篇帖子最初起的名字叫《我要你穿着警服……》。大约四千多字的故事，我陆陆续续写了三四个小时。每写完一段，我贴上去的时候，都能看到很多同行的回复以及对故事结尾的猜测。大约午饭的时候，故事即将接近尾声，龙江论坛的坛主“酒鬼”等几个朋友还放弃了吃饭，专门凑在电脑前等结局。

那个故事在龙江论坛很轰动，很多年后，帖子还被战友们不断翻出来，回复上各种感人肺腑的评价。

2005年，河南报业集团旗下的大河论坛举办全国“网缘十年”文学大赛。我把这篇小说改名为《穿过人群凝视你》，贴了上去参赛。不成想，这篇小说摘得了唯一的一等奖。

其后，我开始试水给报刊投稿。没想到一发而不可收，一年时间就在各大报刊上发表了特稿、小说和散文作品四十余篇。

2006年5月，河南报业集团举办了颁奖典礼。因为这次获奖，2006年9月，我就从县局被借调到三门峡市公安局宣传处从事文字工作。

其后的五年，我的写作爱好和本职工作密切联系到了一起，陆续在报刊上发表工作和文学稿件六十余万字。我不仅正式调进了市局，而且很快提了职，还立了一个二等功、两个三等功，并当选了首届三门峡十大杰出女警。那篇小说后来还在河南省首届公安文学大赛上得了三等奖。

至今，我都很感谢那个在网上遇到的、连名字和单位都不知道的青岛刑警，感谢他给了我一个颇有些动人的警察情感故事；也很感谢龙江论坛那些给我写作起步以鼓舞的战友们；感谢大河论坛给我的奖励；当然，也感谢对我写作有知遇之恩的领导和编辑老师们。

没有你，没有你们，便没有现在的我，没有我现在能在每个安静的夜晚的灯下，怡然写作的今天。

写作，有什么用

在我经常潜水的论坛里，文学板最热闹。那里出没的都是一些文学爱好者，他们写诗、写散文，写小说、写生活感受。写好贴出来，供大家欣赏点评，乐此不疲。

文学板块有个“报喜台”，谁出书了，谁发表作品了，其本人或他人会发布出来，供大家恭喜羡慕，鞭策鼓励。更多的人，只是把写作当成一种爱好，写了，贴了，就满足了，从没有公开发表过。

有一天，论坛里有一个人发了一个帖，题目叫《写作，有什么用》，他说：我不明白为什么某些人那么喜欢写，有的写了也没见发表，写作，有什么用？不懂不懂！

细想想写作这件事，写作似乎有好多种，有的人为市场而写，有的人为情感而写；有的人名利双收，有的人几十年做着苦行僧；有的人持之以恒，有的人半途而废；有的写作是消遣，有的写作是享受。大师永远是少的，平庸的写作者永远是多的。

大凡写作者，都是热爱生活的，好文字发自内心最诚挚、最朴素的情感。好的作者，是用心血和灵魂在写作，他们用作品来营养心灵、体贴生活。他们敏感、多情，活得比别人细腻而真实。所以，写作虽然要忍受孤独、放弃悠闲、“培养”出“近视”“腰椎颈椎病”，但总体上，写作给我们带来的用处却真真是不菲的。

成就感。每每稿子发表或在论坛贴出来，就像看着自己怀胎十月、终于呱呱落地的孩子，心里是满足的、开心的、颇有成就感的。

增加了生命的厚度和深度。别人用来打牌闲聊的时间，我们用来搜集资料、思考、阅读、体验生活……，不能说这些举动就一定比别人的爱好高雅，但起码，这些举动能够使我们增长见识、更加理性、更加有内涵。人常说，腹有诗书气自华，腹中空空，是谈不上生命的厚度和深度的。有了写作，我们的生命就能够得以丰富和扩展。

社会功效。铁凝说："文学虽然不再具备指点江山的作用，但还是可以对人们的精神生活起到很大作用，作者应该为捍卫人类精神的高贵、心灵的美丽而写作。"写作，不是有影响社会、抒发情感、陶冶情操、启迪自己和他人的功效吗？

写作，还可以改良命运。以我为例，如果不是写作，目前，我还在县公安局默默无闻地生活着。因为写作上取得的一点微不足道的成绩，恰赶上一个用人以才的好时代，我一个普通的民警，没有背景、没有后台、没有请客送礼，一路绿灯被调到了三门峡市公安局工作。因为写作能力被提拔重用、名利双收的作者，我们耳闻目睹的，还有很多。

写作，还给写作者带来了经济效益。拿到稿费单，就拿到了奖励和回报。比如我，近年来挣的稿费都用在我和家人的旅游、服饰等方面，相对于以前，经济上宽松多了。

于是，我在论坛上回帖："爱写的人，才能体会出写作的好处，旁人，哪里会懂？嘿嘿……"

网　缘

我触网，大约在1995年前后。

那时，我还是企业研究所的一名工作人员。单位紧跟时代潮流，在设计人员中普及计算机。于是，我们就得以从286电脑开始学习计算机。从简单的开机DOS命令，到编写简单的程序。电脑这个东西，实在是更新换代太快。随后，就是用386电脑、586电脑，然后还学会了打字、排版、上论坛、聊天……

入警后，我学会了制作简单的网页、签收网上文件、上传内网信息等网上办公技能。工作之余，我也很喜欢上公安内网的论坛，写帖发帖，一度还当了好几个内网论坛的管理员。

我在互联网到现在还一直用着的第一个电子信箱，还是一位警察网友帮忙给开通的。刚听他介绍时，我很迷茫："电子信箱怎么申请？发信付费不？发给对方怎么拆信？通过什么方式传送？"

这位朋友哑然失笑，在聊天室给我说了半天，我还是不会。于是他说："算了，还是我给你申请吧。"于是，他擅作主张，给我申请了拼音全拼是"警花"的邮箱，我一直用到了现在。

有了电子信箱以后，除了和朋友、同学联络，我还很快发现了它另一个功能：写稿投稿。从那以后，再也不用方格纸爬格子了，再也不用信封寄稿件了。

我的第一篇获奖小说，是在网上投稿获奖的。大约2005底年吧？河南日报报业集团下属的大河论坛（那时论坛叫"八方论坛"）组织了一次全国"网缘"故事征文大奖赛。我把在内网论坛发过的小说处女作《我要你穿着警服……》传到了征稿论坛。于是，这篇文章在大赛中拿了一等奖。

这次获奖改变了我的职业生涯。我因此借调到三门峡市公安局，从一名县公安局的 110 接警员、指挥中心副主任，成了市公安局的宣传干事。随后几年，我用电子信箱、论坛投了无数稿件，陆续发表了累计七十余万字的新闻和文学作品。

假设没有网络，有些网友可能一辈子都不会认识。我用 QQ 和杂志、报纸的编辑谈稿、投稿，每天浏览各类电子报刊。开通了博客，从此有了自己存放稿件和写电子日记的阵地。

随着互联网的发展，我陆续又开通了微博和微信，成了一个“微博微信控”。因为工作的原因，还加了好多 QQ 群，有同行交流群、有写手交流群、有本地徒步群等用于快乐工作、幸福生活的网络社交平台。人民公安报的几个部门建立了通讯员 QQ 群之后，我也积极加了进来。在里面和编辑老师沟通投稿内容、技巧等，真是如鱼得水般方便。这些通讯员群也大大加深了广大通讯员和报社、编辑老师的感情。

我还是中国警察网论坛的常客，尤其《剑兰周刊》利用中国警察网设置了“投稿专区”后，我更是成了那里的活跃坛友。每每看到我的稿子从“投稿专区”的电子稿变成报纸上的铅字，就别提多开心了！

网络给了我无限扩大的虚拟世界。感谢生活在一个信息爆炸的网络时代。有网缘，更精彩。

从文之路

一

转眼，业余和业内的写作生涯，加起来也快十年了。这十年的案牍劳形，有“为伊消得人憔悴”的艰辛，也有“衣带渐宽终不悔”的坚持。回想25年的职业生涯、18年的从警生涯和10年的写作生涯，我最后走上从文之路，是偶然，也是冥冥中的一种必然。

我对文字的喜爱，是从哪一天开始的呢？回忆里只记得，我从小就喜欢语文，语文成绩在年级里一般都是前几名。小升初的升学考试，我的语文还得过全县城第一。因此，从小到大，所有的语文老师都格外整齐地对我特别好。

还记得1983年，我上高一，文理要分科。因为我数学和物理成绩也不错，当时虽然我想学文，但父母说，学文如果考不上大学，就没有出路了，学理的考不上还能招干、考技校。加上我也不爱死记硬背，于是，我选择了理科。

谁的人生能一帆风顺，每个人都会被“锅底期”撞个腰。1985年，我高中毕业，那年头，高考前要先预选，而我因从冬天延续到春天的长期感冒，吃完了一大瓶“安乃近”，整天昏昏沉沉状态很不好，最终，没能通过预选，没有资格参加当年高考。我趁着预选上的同学上课的时间，灰溜溜地溜进学校，到寝室抱走了我的被褥、脸盆等物品，低着头离开了学校。

“高四”那年，我咬着牙对父母说：“再给我一年机会，再考不上，我就考招干或技校。”那时候，母校的复习班分四类：文科班、上线不走班、预选上没上线班和未预选上班。我交了在当时远远超过父母月工资的200元补习费，进了有一百多学生的“未预选上”复读班。

因为人数众多，教室是两间教室打通的，费用比别人贵，桌椅板凳也需要自己从家搬。我去得最早，坐在第一排中间。那一年，也许是我命中注定的幸运年，我很努力，运气也很好，器重我的老师很多，其中，最器重我的是曾经教过我的语文老师杨景春。后来我常常在想，我能在几十年后突然转而从文，也许与他当年的鼎力扶持不无关系。

杨老师布置作文时，常常是布置三个题目，供学生自选。我因为喜欢作文，手也快，就经常是三篇全写全交。总是，在课外活动乐曲声中，杨老师会准时出现在教室门口，冲我一摆手：“王娟，跟我走。”我就跟着他，到他的办公室，听他一一点评我交的三篇作文。

1986年6月，我仅以超过分数线20分的成绩勉强通过了预选。预选后的一天下午，杨老师在校园中间的那条石子路上遇到我，问我预选成绩，在班里排第几。我回答：“第27。”他问了一句话，这句话使我事隔二十多年竟终不能忘，他斜着眼问我：“为什么不是第一呢？”然后，他撂下那句话，转身扭头走了。

我站在那条路上，发了足有三分钟的傻。一个月之后，我以全班第一的成绩，成了班里唯一一个考上本科的人。

遗憾的是杨老师在我还未来得及完成学业报答他时，就因病过早去世了。

二

命运的安排就是这样阴差阳错。大学期间，我学的是机械设计与制造。因为爱好文学，我特意选修了大学语文。那时，我从图书馆借阅的，全是文学书籍。1990年大学毕业后，我被分到位于河南三门峡市的中原自动量仪研究所搞机械设计工作。这是我职业生涯的第一次从零开始。

可是，人能扭过自己的偏爱吗？我一直不喜欢我的专业。7年之后，恰逢公安机关为组建110，招聘会计算机操作的人员，因此，我在工作了7年、中级职称已拿到手的情况下，毅然决然抛弃自己的专业，来到陕县公安局110指挥中心工作，开始了我职业生涯的第二次从零开始。2001年，我被提拔为陕县公安局指挥中心副主任。

110值夜班，轮休时间较多，值班期间不能离岗而又很枯燥。于是，不记得哪一天的突发奇想，也不知道哪根筋悄然触动，我突然爱上了写作，开始零星地往媒体上发一些110打击破案、服务群众的小豆腐块。2004年，我开始在公安内网一些论坛担任版主，因为能写点东西且颇受公安网友喜爱，我后来还做过飞鹤、龙江等几个公安论坛的管理员。

2005年底，我开始尝试往杂志投稿，谁料浅一试水竟然异常成功。随后的几年，一发而不可收，我相继在《知音》《华西都市报》《辽宁青年》《妇女生活》《人生与伴侣》《东方剑》《深圳青年》《天下情》《人民公安》等报刊发表了三十多篇案件纪实、小说和散文。《警察文摘》《意林》《特别关注》《女子文摘》等报刊也转载过我的文章。那一年的稿费即平了工资。至今，弹指间我已发表文学稿件四十五万字有余。

2005年年底，河南日报报业集团旗下的大河论坛面向全国举办"互联网十年网缘故事征文大赛"，2006年3月，大赛揭晓，我的小说《穿过人群凝视你》获得了一等奖，奖金3000元，此文后来刊发在2008年《东方剑》6期上。

这次获奖又改变了我的人生轨迹。那时，三门峡市公安局宣传处正缺文字撰稿人员。这样，一晃在陕县110工作了快10年后，2006年9月，得益于市公安局主管宣传的副局长谭鲁生等领导的知遇之恩，我又开始了工作生涯的第三次从零开始，借调到市公安局当了宣传专干。

从那以后至今一年多，我的业余爱好和职业结合在了一起。先后在《人民公安报》《法制日报》《河南日报》《今日安报》《河南公安报》《大河报》《三门峡日报》《三门峡视报》等报纸，《中国警察网》《新华网》《人民网》《大河网》《民生与法制》等网站发表工作性稿件共千余篇，其中中央级二百多篇，省及地市级八百多篇。一年多来，公安局所有的大事要闻，没有因为没人写稿而被延误和埋没。我的发稿量也大约占全市公安系统总发稿量的20%，创了我市公安宣传个人发稿新高。

2007年3月底至7月初，河南省公安机关参与省委政法委组织的“百日上稿竞赛”，我白天搜集新闻素材，晚上加班写作，向媒体投稿，后我局最终在全省公安机关中名列第六，荣获先进集体，省厅奖励了我们单位一台笔记本电脑，我个人也被评为先进个人。2007年7月，我写的诗歌《女警也风流》在《今日安报》“中国面粉城银企杯全省政法干警首届诗词大赛”中获得三等奖；2008年1月，我写的演讲稿《为历史见证》，在全省公安机关“学习贯彻十七大，我为警徽添光彩”演讲比赛上，经过选手的精彩演绎，荣获特等奖。2008年1月，在“2007年度三门峡市委、市政府好新闻特别奖”评选中，我参与撰写的稿件《为了六十九个矿工兄弟》《奋战抗洪救灾第一线》荣获报纸类作品两个三等奖。我们三门峡市公安局宣传处只有四个人，但是，2007年，我们的宣传工作在省厅绩效考评中一举夺得第一名。

三

“我和谁都不争，和谁争我都不屑，我要争，就只和自己争。”

我总是坚信，付出总有回报，敢拼才能胜出。多少个不眠之夜，我在灯下寂然写字，艰难跋涉在从文的路上。爱文字，才能以苦为乐，煮字疗饥。我的博客、QQ签名、论坛签名，常年都写着这样一句话：人生注定是单程的，且做一个灯下悠然写字的小女人，心情温暖，一如春天……

我撒下的只是种子，写作却还我万紫千红的花园。刚到市公安局工作时，因为工作太忙，我写文学稿件显著减少，稿费也大幅减少，后来甚至还带了些新闻从业人员的后遗症和职业病——写文学稿常带新闻味，令我十分苦恼。但是，有失必有得，上帝关了一扇门之后，总会给人留下一扇拥有好风景的窗。因为工作上取得的小成绩，局党委解决了我的后顾之忧。没有关系、没有背景、没有请客送礼，我靠手中一支笔，正式调进了市公安局，2007 年立个人三等功，2009 年被评为市公安系统首届十大杰出女警和三门峡市三八红旗手，2011 年立个人二等功，又被提拔为宣传处副处长。2014 年，我被全国公安文联推荐录用，作为全国公安系统的 48 位学员之一，到鲁迅文学院参加了为期两个月的第二十三届中青年作家高级研讨班（公安作家班）的学习，接受了正规的文学创作培训。

平心而论，写作很苦，写作也很累。公安新闻写作，讲究的是新闻时效；公安文学写作，讲究的是良心和使命。抢时效、有使命感，就意味着加班、熬夜、吃苦。对于警察而言，现场就是战场；对于宣传警察而言，手中的笔就是武器；对公安作家来说，公安机关不缺一流的故事，但缺一流的表达。这些，都催我勤奋，催我摸索前行。

多年的案牍劳形，我的视力下降，颈椎、腰椎也出了问题，而且，从事文字工作的女警，年龄也已近知天命之年，虚弱的身躯要担起职业和家庭两副担子，个中艰辛，我深有体会。但是，我们无法延长生命的长度，却可以拓宽生命的宽度。写作，为我收获了变成铅字的果实；写作，使我充满了成就感。因为爱，所以爱，文字的魅力已深我骨髓，刻我心灵。

从文的路，是一条充满竞争和机遇的路。不写，就注定会被淘汰出局。不停地写，才是写作最好的老师。我深信天道酬勤，勤能补拙，也许我永远也写不成真正意义上的大家名家，但我踏踏实实地努力过，写一篇是一篇，发表一篇是一篇。作为一个以写东西为职业的人，写出东西才是硬道理。

四

正是因为自己从童年起对语文的酷爱、学生时代的广泛阅读、从业后几经磨难最终找准了适合自己的路，我今天所从事的新闻宣传工作才算顺利。回顾我所走过的路，我想，在新闻宣传方面，并没有捷径可走，所谓的成绩无非是从爱得投入、写得明白、吃得苦头、弃得清高中所得来的。

1. 爱得投入。搞文字工作的，写东西，是我们的立命之本。所以，多写、多看、多研究、多投稿，爱上写，就是窍门。去年，我在《河南公安报》上发散文的中稿率在95%左右，每每还被赫然放在副刊头题的位置上。原因就是我写的多，爱写。只有爱，写出来的东西才能有真情实感、才能提高中稿率。写作的时候，才不觉得苦、不觉得累，不觉得枯燥、单调。

2. 写得明白。写得明白有三层含义，第一是稿子要写清楚、写明白。比如，时间、地点、人物姓名、案情经过等一些关键因素一定要交代清楚，在此基础上，再使用一些文学的语言、设置一些悬念、描写出气势等。第二是要研究明白。比如党报，以我们公安机关为例，我们在写稿时，就要研究党报近期关注的是什么热点、焦点问题，投稿时，就要研究我们所送的稿件适合哪些版面，是政教版还是法律版？对行业报纸，比如行业报《人民公安报》的投稿版面，是投地方时讯，还是科技？禁毒？法律？治安？做到心中有数，有的放矢，这样才能事半功倍。三是要最大限度地提高发稿的质和量，要做得明白。

3. 吃得苦头。新闻写作最讲究的是新闻时效。抢时效，就意味着加班、熬夜、吃苦。对于警察而言，现场就是战场，对于宣传警察而言，手中的笔就是武器，必须要让它发挥出威力！2007 年“7·29”陕县支建煤矿特大淹井事件发生后，我们市局宣传处和陕县公安局宣传股的同志们第一时间赶到现场，在惊心动魄的 76 个小时中，守在第一现场，掌握第一手资料。四天三夜，每天都在不断搜集线索、随时补写。69 名矿工被救出之后，现场很快从人声鼎沸到寂静无声。救援人员离开现场之后，几乎都是回家洗澡、睡觉去了，我们却没有休息，除了整理稿件、录像、照片投稿以外，我们还跑到市委宣传部组织的新闻发布会上主动向各大媒体提供文字、视频资料，结果，“7·29”的宣传就比较到位，《中央电视台》《人民日报》《法制日报》《河南日报》等各大媒体的报道比比皆是，《人民公安报》

刊发了头版头题和整版文章。卢氏抗洪救灾、湖滨公安民警抢救山西沉船、今年年初全市公安战冰雪、保畅通、救群众等事件，我都深入到一线进行采访，回来连夜写稿投稿，后来，这些事迹都在《河南日报》刊发了1500字以上的长篇报道。《人民公安报》《大河报》《今日安报》《三门峡日报》《三门峡视报》等也都刊发了长篇报道。

4. 弃得清高。喜欢写东西的人，如果有幸发表了几篇，就会被别人认为是才子、是才女，是有特长的人。自信可以有，自负却害人。圣人说："三人行，必有我师。"何况我们这些在新闻写作方面摸索前进的人呢？有太多的前辈、老师、高手，需要我们去请教。我们掌握了他们的经验，就可以少走弯路。拿上面提到的、获得特等奖的演讲稿《为历史见证》来说。比赛之前，我从没写过演讲稿，第一稿写成之后，我自我感觉挺好，觉得自己写东西还从来没人说写得很差。于是就很自信地和处长一起，找到两位记者老师让他们给予指点。我当时想，他们一定会觉得行，挺不错的。但是，他俩看了看，都摇摇头说，写的不是演讲稿，是一篇记叙文。原来写出臭文章是这么容易啊！后来，老师告诉我，演讲稿的语言要简短有力，要有节奏，要煽情。他即兴给我发挥了几句，并替我把题目定为《为历史见证》。在他启迪下，回去的当天晚上，我重新过滤了一下自己的思路，那么大的场面，那么多天，那么多人物，如何把它浓缩成不到2000字的8分钟的精华？思路确定后，我激情澎湃地用两个小时的时间写了第二稿，使用的是蒙太奇的方式，把各个场景简短震撼地表现了出来。第二天，稿子拿给刘老师改。这一次，他大加赞赏，修改时只为我的稿子增加了三句话。后来，那篇稿子在全省50名选手的比赛中，毫无悬念地一路领先，顺利通过初赛、复赛，大获成功。当然，这和7. 29的题材好也很有关系，我也是沾了7. 29的光。

作为一名宣传警察，手中的笔就是我的武器。只有爱得投入、写得明白、吃得苦头、弃得清高，才能天道酬勤，勤能补拙。

从文之路，今生我已走定！

今生和谁“小团圆”

《小团圆》这本书给我留下了揪心而压抑的印象，和看张爱玲的其他书感觉类似。那天在《剑兰周刊·读书生活》的报纸上，看到它排在2009年度图书排行榜第三名时，不由还心中一疼。

《小团圆》是张爱玲的自传体小说。

俗语说：男怕入错行，女怕嫁错郎。张爱玲，这个“出名趁早”的天才女作家，出道就开始写爱情，22岁还感叹自己写感情却还没有过感情经历，在遇到爱情之前，算是笔墨上演练过吗？纸上得来终觉浅而已。

他遇到的男人叫胡兰成，有点才华，似乎是搞政论一类发家的。据说中国改革开放后，他还大言不惭地给邓小平写过世界大局和经济分析，可惜没人理他。若是书生还好，即便百无一用，好歹挣点稿费，待人能有礼有节、从一而终也是好的。可他的身份着实有些龌龊——汉奸。这场感情似乎从人物一出场，就注定了结局。张爱玲爱上他，嫁给他，后因他的身份而不尴不尬，终归是一场噩梦。何况，他还是个负心的男人呢？

“因为懂得，所以慈悲”，“爱上你，我变得很低很低，低到尘埃里”。女人为爱而活，遭遇爱情，是每个女人梦想的事，何况还是那么细腻、那么敏感、那么懂感情的才女？《小团圆》到底是不是和胡兰成的《今生今世》在对质，数易其稿后，张爱玲的思路有什么变化轨迹？这些事情，恐怕只有当事人知道了。

当初看《今生今世》，加上张爱玲的评价：“夹缠不清”，以为作者自恋的有些亢奋。历经 33 年，到《小团圆》面世，我们才幡然领悟：那人，原来说的是事实，原来他们，真的有过相爱。初时我们读张爱玲的种种事，为她这样才高过世的女人还被辜负而不忿，为她还给负心人寄钱的行为而不解，以为是善良，以为是不忍。最后我们才知，那钱本就是胡兰成的。她还他，只是为了不欠。

《小团圆》里还写了张爱玲的家庭和张爱玲小说中的各色人物，并给了他们小团圆的结局。读来令人唏嘘，这个从小便缺乏父爱和母爱的孩子，她多舛的命运又有谁心疼？

爱情是如此奢侈。也许太多的女人被辜负过吧？所以，张爱玲的一字一句才能那样地打动人心，那种爱情的伤、被辜负的疼、不甘心的尴尬、忘却与撇清的难，只有体会过，才是识遍愁滋味，却欲说还休。所以，今生与谁树下共圆月？与谁欢喜大团圆？便是很多人的追求和烦恼了。

因失去爱而“萎谢”的女作家，曾在台湾文学史上占据一席之地的萧飒算是比较典型的一个。前夫爱上女影星之后，她便一蹶不振，十五年不曾写出过作品。感情的事，说破大天去，还是看开些好。“得之我幸、失之我命”，再想开点，也许就是“塞翁失马、焉知非福”喽！早点失去负心人，何尝不是幸事！只是，女人要为自己活着才是正道。失去了，不要“萎谢”，更要怒放，这才是才女们的出路。好在张爱玲就很勤奋，后来突破重重困境，虽自闭，也还写了很多小说。

爱辜负了她，她的横世才华却没有辜负她。

做个“醒”着的人

书名和书皮一样，淡淡的、泛旧的感觉。不起眼、不聒噪、不艳丽，这是这个夏天我得到的一本书：《读懂中国人——从〈小窗幽记〉透视中国人的智慧》。

由短短的句子，到短短的品评；由细细的分析，到深层的缘由；由浅浅的道理，到丰厚的做人底蕴；由过去的现在的鲜活案例到丰富的处事哲学……这本小书就是这样，豪不张扬，像邻家大哥一样，把他从人生得来的启发娓娓道来，不疾不徐。

《小窗幽记》共12集，明人陈继儒（或明代陆绍珩）著作，是一部汇集中国古代人生智慧，教人如何立身处世、如何修身养性的书。12集每卷以“醒、情、峭、灵、素、景、韵、奇、绮、豪、法、倩”为题，发千古幽思，尽得人生百味。《读懂中国人——从〈小窗幽记〉透视中国人的智慧》一书，就是作者——社会学家、研究员崔北方先生专门选择《小窗幽记》中“醒”的部分，剖析古今社会故事和现象，从今人应该如何认识这些现象、如何做个活得恬淡、闲适、自在的、“醒”着的人而撰写的。

“醒”，是一个和“醉”相对立的字；“醒”，作为一种生活方式，也完全不同于“醉”——那种“无一日不醉，无一人不醉，趋名者醉于朝，趋利者醉于野，豪者醉于声色犬马……”的生活方式。

醉心于仕途、醉心于金钱、醉心于美女、醉心于酒肉。信息爆炸的网络时代，言论自由的社会背景，回首往事，我们在荆棘丛丛的人生道路上，曾经有多少次迷失过自己？计较一己之利，盘算收入支出，求告前途官职，奔走徘徊情感困惑，每个人都曾有过这样不堪回首的时刻吧！

扪心自问之后，我们是不是真正踏下心来，细细思量先哲的启示，高调做事、低调做人，打造一颗安静的心，做一个醒着的人？

行到水穷处，悠然见南山。事业、家庭、财产，都是人生的组成部分，我们不能不努力使自己和家人过上更高层次的生活。位高不忘忧国，权重不弃谦卑，吃饱穿暖有书读的日子就是好日子，有家人疼爱又爱着家人的生活就是好生活。

做事先要做人。为人处世的经验需要慢慢积累。让经验成为习惯，你就会发现，生活并没有想象中那么艰难。那些所谓险恶的人生、充满尔虞我诈的争斗，不过都在于自己内心的标准。放低自我，看山是山，看水是水，何乐而不为？

“多读两行书，少说一句话”“轻财足以聚人，律己足以服人，量宽足以得人，身先足以率人”“大事难事看担当，逆境顺境看襟度，临喜临怒看涵养，群行群止看识见”“安详是处事第一法，谦退是保身第一法，涵容是处人第一法，洒脱是养心第一法”“从极迷处识迷，则到处醒；将难放怀一放，则万境宽”……《小窗幽记》里这些字字珠玑的语句，就像为惊醒当今浮躁的人所写，即便今日看来，也无不处处醍醐灌顶。崔先生更是用通俗易懂的文字，用苦口婆心的态度，把《小窗幽记》里这些深得人心的句子，一段一段分析，一节一节归纳，把理性、平和、安适等字眼穿透纸背地解读在我们面前。

读万卷书，行万里路。《小窗幽记》纳儒道佛三教精华思想于一体，属于国学著作中难能可贵的一本。我们学国学，既要立足历史积淀，又要把握时代脉搏，更要实践中来，实践中去。这才是读经典的好处：启迪心灵、指导实践、幸福生活。

合卷而思，崔先生解读《小窗幽记》确实功力非凡，知行合一。该书瑕疵的地方恐怕当属先生针砭时弊时，颇有几分悲观和愤青在时隐时现。但瑕不掩瑜，此书仍然不失为案头手边一本经典之作。

“醒”，今天你做到了吗？

《瓦尔登湖》：简约生活见真知

国庆节日期间，我没有出去看人海，决定宅在家里看书。

买了一阵子的《瓦尔登湖》就这样被我捧在手里，并带在值班室里，并给自己规定，假期必须读完。

《瓦尔登湖》确实是本适合假日阅读的书，一是它富含哲理，需要持续的大块时间“啃”；二是它的文字到底经过了翻译，需要从译文中寻回西洋语言的原汁原味；三是它的确是一本寂寞的书、孤独的书，并适合给能够享受寂寞和孤独的人看的书。这些，没有安静的时光衬托是不行的。

梭罗是美国 17 世纪的哲学家和作家，这部散文集出版于 1854 年。虽然年代稍稍久远，但细细读来，内中的环境保护主义和人类生存关注带给人们的思索却依然是不可多得的。尤其是他在书中提倡的一种简约生活，用优美的、梦幻般的文字描述出来，总让人有种“采菊东篱下，悠然见南山”的愉悦心情。这种意境不时荡漾于心，与人的灵魂碰撞出点点星光。

幽静的湖水，葱郁的松林；蛙鸣鸟唱，松风清音；这些无不是大自然慷慨赐予我们的财富。一箪食一瓢饮、种豆筑屋的自给自足；灯下读书、小舟垂钓的与世无争，无不是作者呈现给我们的简约的田园生活的美妙。

人与自然的和谐相处，无非也就如此了。索取得少，满足得自然就多。“我们天性中最优美的品格，好比果实上的粉霜一样，是只能轻手轻脚，才得保全的。然而，人与人之间就是没有能如此温柔地相处。”人与人之间，君子之交淡如水，这水，不是冰水，更不是沸水，只是温和的水，温和地交融，彼此珍惜、互助，才算是轻手轻脚，才算是温馨体贴的人际关系。

“不论你的生命如何卑贱，你要面对它，生活下去；不要躲避它，更别用恶言咒骂它。它不像你那样坏。你最富的时候，倒是最穷。爱找缺点的人就是到天堂里也找得到缺点。尽管贫困，你也要爱你的生活。”爱生活，无非就是知足常乐；爱生活，也无非是“看山是山，看水是水”，简单地对待一切，一切对待我们才简单；微笑着面对生活，生活才能微笑着回馈我们。

浮躁的人群，多变的世界，能够恬静生活的人才是“江湖”高手。尤其，我们从事的警察职业所带给我们的刀光剑影和高强度、高效率的生活节奏。如何能安下心来，快工作慢生活，这也许就是《瓦尔登湖》给我们野马般奔腾的心和飞速发展的生活的一种提示和安抚吧！

一本好书就像一个和蔼的智者。《瓦尔登湖》就是这样一位慈眉善目的智者，它“润物细无声”般飘来一丝清风，让人从中体会经验和思索，从中享受安静和忘我，从中收获启迪和智慧。

简约不是出世，更不是孑孓独行；简约只是一种态度。读这本书，也许每个人都会给自己勾勒出属于自己的“瓦尔登湖”，属于自己的恬然的生活态度，如星光一样微妙而永恒，如星光一样安静而闪烁。

古话说：“良田千顷，不过一日三餐；广厦万间，只睡卧榻三尺；虔诚膜拜，头顶三尺有神灵。”联想起中央的“八项规定”、反腐败和勤俭节约的号召，倒是与《瓦尔登湖》所提倡的简约生活大相契合。

简约生活是一种选择，风尘仆仆的人生路上，选择追求享乐还是简约，都不重要。重要的是，在日夜兼程的人生旅途中，要有一颗静谧的心，要洒满一路星光。

《破解幸福密码》：邻家姐姐教你寻找幸福

年近花甲的女作家毕淑敏有很多头衔：国家一级作家、内科主治医师、北师大文学硕士、北京作家协会副主席、注册心理咨询师。

她的生活阅历十分丰富，早年入伍，在喜马拉雅山、冈底斯山、喀喇昆仑山交汇的西藏阿里高原部队当兵 11 年，历任卫生员、军医等。转业回北京后，曾任医师、卫生所所长，后又去北京师范大学研究生院中文系学习。从事医学工作 20 年后，开始写作，距今共发表作品两百余万字，著有《毕淑敏文集》十二卷、处女作《昆仑殇》、长篇小说《红处方》《血玲珑》、中短篇小说集《女人之约》、散文集《婚姻鞋》等，曾获庄重文学奖，小说月报第四、五、六届百花奖，当代文学奖，陈伯吹儿童文学奖，北京文学奖，昆仑文学奖，解放军文艺奖等各种文学奖。

也正是因为她丰富的生活阅历和对社会的高度责任感，她笔下的诸多文字才呈现出亲切、平和、智慧和实用的特点，这些文字大多与医学有关，关注生命和死亡，阐释幸福和冷暖，感动着喜爱她的万千读者。

我读过毕淑敏的很多文字。她的文字给人的第一印象，就是草根。这样的文字不高贵、不疏离，又不猥琐、不混杂，特别容易打动平凡普通的人群。其实，毕淑敏的气质、长相、性格以及文字风格，处处呈现出一个似曾相识的邻家姐姐的亲切和平和，也许，这就是知行合一在她身上的具体体现。

《破解幸福密码》全书共分六个部分：有意义的快乐就是幸福、放下包袱持花而行、从自卑走向幸福、封印悲伤再建自我、适当应激缓解焦虑、幸福不是奢侈品。

这六个部分环环相扣，先从幸福的概念和人们对幸福的普遍认知开始，讲述了什么才是真正的幸福，幸福到底和什么息息相关；如何用荷尔蒙寻找幸福，警惕短暂、虚幻的伪幸福，让幸福紧密拥抱自己的生活。

其实，在漫长的人生旅途中，我们难免会遭遇很多跌宕起伏的非常时期。这些时候，我们就需要时刻提醒自己，保持昂扬的精神状态，不用完美苛求自己，相信和珍视自己的能力和价值，制订切实的计划，跨越心理危机，让无处不在的压力和紧张落荒而逃，最终将幸福的砝码握在自己的手上。

幸福最大的敌人，是自卑。几乎世界上所有的人，无论平凡还是卓越，竟然都遭遇过自卑的折磨。自卑者的误区，在于认为自己不配享有真正的幸福，可是，我们的生命，确实不因别人的喜欢和肯定而存在，承认自卑、找到自卑的根源、进而接纳自卑，学会无时不刻地自我鼓励，让自卑以意想不到的另一张面孔：谦恭、不狂妄、谨慎等来帮助自己实现幸福。

当我们遭遇人生变故时，悲伤是不可避免的生命体验。悲伤来临时，要分清它的类型，积极寻找它幸福的一面，建立新的生活秩序，缝合自己破碎的心灵，让悲哀成为历史的一部分，翻过去，尘封。

适当的焦虑也是我们都会遇到的。焦虑从另一方面来讲，可以让我们保持清醒和活力，我们要学会利用应激机制化解焦虑。因为，从心理学角度，人可以大致分为 A、B、C、D、E 型性格类型。A 型紧张焦虑，急性子，好斗、要强，容易罹患冠心病、高血压等；B 型平和、易相处，遇事想得开，易长寿；C 型隐忍回避、爱生闷气、逆来顺受、克制压抑，容易罹患癌症；D 型冷漠孤僻、缺乏自信、抑郁忧伤，易患心脏病和肿瘤；E 型感情丰富、很少攻击、消极被动、悲观厌世，易患神经性疾病等。如果我们知道了自己的性格类型，就可以学习针对性格特征中的不足，适当应激，解除焦虑，建立和利用良好的社会支持网络，走出困境，最终使幸福充斥生活的各个角落。

作为公安民警，忙碌、焦虑、生活不规律、压力几乎无时不在，我们听到过很多说法：刑警没有浪漫、当警察就意味着奉献……据调查，公安民警在和平年代，是排在压力排行榜第二名的职业。每年，因公牺牲、受伤的民警数量更是居高不下。心理专家曾经做过调查：在我们这个特殊的队伍里，面临心理问题的民警要占到一半还多。有心理问题，就意味着与幸福的疏离。所有的这些，真的在说明，寻找幸福、享受幸福对于公安民警来说是多么的重要和迫切。

让我们在读完《破解幸福密码》之后，能够了解幸福的真相，构建自己的幸福体系，确定自己的生活目标，不但自己要幸福，也让家人、朋友、同事都因自己而幸福！

从这一刻起，提醒自己：幸福不是奢侈品！只要我们用心，就能抓住幸福的衣襟！

《妞妞：一个父亲的札记》：珍惜亲情，珍惜人生

这个清明节的假期，因为我的女儿面临高考，全家取消了一切社会活动，专心陪孩子备战高考。

是《妞妞：一个父亲的札记》陪伴着我度过小长假的。这本书是女儿为我选的。她买了后，因为心酸不忍读下去，看了一半搁置。捧书阅读的两天里，我几乎每天都被泪水和难过浸泡着，正应了清明节这个节日的气氛。

周国平是个男人，但他骨子里有一种近乎母性的细腻。也许，他的性格也是有些阴柔的。“无情未必真豪杰，怜子如何不丈夫”，爱女儿，也许是天下慈父的共性。亲情，是许多作家永恒的主题。

一个父亲守着他注定要夭折的幼女，想手术，又怕手术后孩子成了残疾人，却依然阻止不了孩子夭折的命运。不手术，又得眼睁睁看着小小的婴儿备受病痛折磨，这贯穿其中的痛彻心扉，只要是有血有肉的人，尤其是身为父母的，相信都会感同身受。

妞妞的病来自一连串的因果，它有若干清晰可辨的环节，只要卸掉其中任何一环，就可以避免这个可爱的孩子所遭受的一切。作者的前妻雨儿怀孕五个月，被投亲的表妹传染了感冒；一个热心的四川读者冒昧地打来电话和作者闲聊；吃醋的雨儿怄气独自睡到了书房的地板上，造成高烧；急诊时遇到一个蛮横冷漠的女医生延误治疗；远亲的医学博士为了检查雨儿是否患了肺炎执着地为她做了两次 X 光，

也就是这个低级的错误造成胎儿期的妞妞身患绝症。

“磕着了!”她一遍遍哭诉。

“妞妞磕着了，好爸爸想办法，想想办法!”可是，无力救她的爸爸只能搂着她，肝肠寸断、涕泪交加。面对她无法解除的疼痛和无可逃避的毁灭，爸爸羞于一次次重复这个谎言。

“磕着了! 磕着了!”这一声声喊叫如同节日晚宴上响起的丧钟，清楚地提示着欢宴即将结束，死神正在破门而入。

爸爸抱着妞妞，抱出了绞鞘炎，却想不出一点点挽救孩子的办法。为了转移孩子注意力，他抱着妞妞在暗夜里冲上楼梯、又飞下楼梯，那些飞奔的身影，刻下了多少无奈、辛酸和孤独啊!

舐犊之情，永远是人类最刻骨的深情。

虽然周国平说，这本书不是写给追求意义的人看的。可是，合卷反思，妞妞短暂的一生确实能够带给我们对人生的更深一层的感悟。亲情是必然，又是何等可贵。子欲养而亲不待，从现在开始，对父母好点，因为，我们每个人都是被父母疼爱过的妞妞。从现在开始，对爱人好点，因为婚姻久了，爱情也演变成了亲情。从现在开始，对孩子更应该好点，不要给他（她）强加太多的批评和压力，因为，孩子幼小的身躯需要来自父母的扶持和呵护。从现在开始，也不要忘记常思一二，少想八九，去体会人生的种种幸福。不要忘了人生最重要的，就是平凡的亲情。

希望看过这本书的人们都能从中体会到，能健康快乐平安地活着，是一件多么幸福而又难得的事!

因为妞妞，请珍爱亲情、珍惜当下的生活，即便平淡无奇，但平淡是真……

从前慢

从前慢，进京出差，火车要走一天。一封家信，要在山水间辗转好几周。一壶绿茶，两人独坐，可以聊一晚上。一顿饭，要小火慢炖好几个钟头……

体现在警察这个职业上，也有许多从前慢的故事，细细想来，令人回味无穷。

20 世纪 90 年代末期，我刚刚从市区的企业研究所调到郊县的公安局。那时，县公安局的工作条件差，局里民警少，案子也远没有现在多，工作节奏和效率也都慢了下来。

我被分到刚开通的 110 指挥中心工作，办公室简陋，设备还没开始安装。我们六个第一批的 110“元老”，挤在一间屋子里，白天守着两部 110 固定电话，晚上下班回家。

知道 110 的老百姓也不多，一天里，电话响不了几声。工作清闲，岗位又绑人，只觉得每天从日出到日落，守着一本台账、一扇幽窗，日子漫长而恬淡。

边接警，边学习，慢慢地我们从不怎么响起的电话声里，懂了什么是治安案件、什么是刑事案件，县城唯一的红绿灯在哪里，县西唯一的国道哪段最容易堵，分散在乡下的一个个小派出所又如何像星星点灯，把法律常识口口相传，慢慢渗透到千家与万户。

110 电脑设备开始安装后，麻烦事一下就多了。那会儿大家哪里有手机？就连固定电话总数也不大。可是，我们这个还不算落后的县，也不算落后的网通公司，所掌管的全县固定电话底账竟然没有电子档，全是一本一本的纸质台账。有警接警，没警时就往电脑里输电话吧！不输哪里行！110 需要根据电话号码弹出报警的信息呢！安装设备的杭州工程师说，他走遍大江南北，这种情况，还是第一次遇到。

第一代 110 设备三个席位，领头的是服务器。电话号码必须输到服务器上，只能一人操作。我们几个只能轮班作业，电话号、地理位置、单位名称，一条档案的三个要素，一个也不能少。要不然，接警席弹不出准确的报警信息，就"作茧自缚"了。

打进 110 的渐渐多了起来，我们已经有夜班了。六个人，三班，上 24 小时，休息 48 小时。大家都刚当警察，工作积极性特高。为了早点输好号码，有时候真是吃饭也不舍得去，上厕所都是小跑。

从前慢吧？搁现在，多少个 G 的数据，不过一分半秒就拷贝到系统里了，可我们整整用了半个月。输好了十来本电话号码，地图也调试好了。领导说我学历高，叫我兼内勤。我又跟着主任去学习别人的规章制度，回来找公司设计、制作、上墙。再半个月，110 大厅放眼望过去，值班长制度、值班员制度、全县地图、警力分布一应俱全，看着真挺像个警中"龙头"那回事了。

年底，110 正式对外启动。除了当接警员，内勤还要负责科室文件的起草、油印和分送。一周一期的《警情通报》也是我负责。那时，全局就一台打字机，公文要先写在稿纸上，贴上签，送领导审批，然后送到打字室，由打字员打好，排好版，再打在印刷蜡纸上。

油印机体积并不大，就一个木盒。翻开盖右边是抹匀油墨的地方，左边复杂些，一层是贴蜡纸的滤网，下面是放白纸的底座。油印是个力气活，需要一整套成熟的小作坊主般干净利索的动作。把油墨挤到右边的台子上，用滚轮前后左右来回滚匀，免得文件印出来墨色不均；左边放上厚薄适中的一沓白纸，压上夹好蜡纸的滤网；然后，滚轮在滤网上滚动，把蜡纸涂匀。右手涂滚轮、左手压紧滤网、右手推滚、左手掀开滤网、左手掀走一页文件纸，再重复以上动作……这套动作要如"舞蹈"般行云流水，可绝非一日之功啊！

动作到位的话，就不会出现字迹不清、字迹深浅不匀、字迹错位模糊、“卷面”“下鸡蛋”（有黑墨团）等情况了。如果能叫上一个帮手，由她负责专门掀纸，那动作就更快了。两个人轮换着印，手掌中心也不会因推滚轮太多而生老茧了。反正那时候，我的手可没少长茧子。也因为印文件，我的衣服、脸上、手上，没少落下黑印。这时候，必须趁着墨迹新鲜赶紧用肥皂多洗几遍，才能勉强洗干净。

往县委政府政法单位送《警情通报》，也是步行，一家一家走，没车、没电梯，效率慢，却锻炼了身体，那些年人瘦，却很少生病。

很多个夜班很无聊，我爱上了写作。那时的写作叫“爬格子”，一个字一个字写在方格纸上的，写好投进邮筒里，也投去了自己的理想和希望。等待登报上刊，又是一个漫长的过程，好像那时也是需要铅字排版印刷的，要不，怎么大家把发表文章都叫“变成铅字”呢？这样，也慢慢等来了我的处女作。

办公室里，夏天是吱呀呀的吊扇，冬天是红彤彤的蜂窝煤炉，打一暖瓶水要去楼下锅炉房，楼梯院子要自己打扫。坐的藤椅，用的墨水瓶，牛皮纸的笔记本，手压打孔的装订机，如今都已不多见，去一回乡下，一天时间也只够跑两个所。

许多年后，当无纸化办公、手机和网上信息时代到来时，我回忆起初入警那些年，总是感慨从前的慢。那个不经意的午后，当我说起从前慢时，老董并不同意。他说，你那叫啥慢，我的从前更慢。

老董是治安大队的老指导员。他告诉我，他刚参加工作的时候，办案都是步行，翻山越岭时要手提一根打狼棍，自带干粮和水壶，有时到偏远的山村办案，一走就是一天一夜。所以，“交通基本靠走，取暖基本靠抖，治安基本靠狗，通信基本靠吼”，说的就是他那时的真实情况。他那时，是 20 世纪 80 年代初期。那时案子也少。有一年，他慢慢地说，那一年，全年他就办了一起刑事案件——村里一辆架子车底盘被盗。

我查了资料，证明了他的正确。1984 年，公交车刚从县里通到各乡镇政府所在地，还不能到自然村，而且一天就早上和中午两趟车。从县城去乡下办案，骑自行车太远，要是赶不上车或者挤不上车就完了，还得骑自行车。

老李也同意他的说法。老李是控申科的老同志。他说："那会儿，全县只有四个镇有派出所，其他乡都是派一个民警去当公安员。我们晚上做梦，都是局里又发自行车了！"老崔也接话，他是法制科的老科长。他说："1988年吧？局里一下配了8辆偏三轮，把大家美死了，天天下班就去麦'场'学骑车，老李学车时不会刹车还闹了笑话，我还给他编了个顺口溜：'小李学开车，一头扎进麦秸垛'。"

阵阵笑声中，我觉得这些老公安们实在太可爱了，虽然是那样艰苦恶劣的工作环境，但从他们嘴里说出来，却成了从前慢悠悠的岁月里值得回味的快乐。

之后，老公安们的话一直印在我的脑海里。我特意找来了《县公安志》，看到"交通工具的变迁"一栏中这样记载："解放前，公安局长按县级待遇配备战马、普通民警没有交通工具"，不禁哑然失笑，骑白马的局长像不像王子呢？我脑海里竟然弹出这么浪漫的画面。

公安志还说，一直到1968年，县局才一次性配发了14辆自行车、一辆幸福牌两轮摩托车；到1975年，又配发了27辆自行车；到1978年，除27辆自行车以外，又配发了一辆天津吉普、一辆庐山吉普车。

我亲眼目睹的1998年，每个派出所也都有了一到两辆警车，三四个民警能共用一辆摩托车，"出警没有车"成了天方夜谭。2006年，网格化巡逻防控体系建成，县公安局特巡警大队新配备的10辆出警摩托车更是威风，每辆都价值两万多元。汽车、电脑、双网（公安网和互联网）、摩托车也成了"家常"的办公工具。

从前的慢，估计已经少有年轻警察知道了。WIFI、网络、全球通、航空器、高铁等使世界成了地球村。网上追逃、视频监控、信息作战也早已给侦察破案插上了科技化的翅膀。好友的儿子今年考取了中国公安大学的涉外警务专业，到他们这一代公安人，"朝发北京城，暮宿西雅图"已不在话下，也许，不远的将来，朝发夕至打个来回，恐怕也不是什么神话。

如今快，快有快的便利和效率。从前慢，慢有慢的味道和精细。从前的字，要一笔一划写；从前的审讯，要斗智斗勇的谋略；从前的案卷，要一页一页穿针引线装订；从前的嫌疑人，要一人一人地排查……

从前慢，不是说从前慢就好，从前慢俨然已不适合飞速发展的今天。我是想说，从前慢的经历和回忆，是另一种滋味，是另一种想起来就怅然若失的、一去不复返的旧时光，和一代代老公安人远去的青春……

尽心，才是制胜法宝

这是我在基层采访中听来的故事。

一天，某大型商场经营服装的刘女士匆匆忙忙来到派出所的值班室，说自己的钱包刚刚在公交车上被盗，里面除了380元现金和一些购货券外，身份证也在里面。值班的唐警官在录笔录时，听到刘女士嘀咕了一句："钱是小事，关键身份证丢了，我马上要去南方进货，不能坐飞机比较讨厌。"

说者无心，听者有意。唐警官送走了忙着去办事的刘女士之后，不声不响调取了刘女士的户籍资料，垫钱给她办好了临时身份证，下班时给她送到了家里，并安慰她说："案件我们抓紧破，有消息我们通知你，你放心去进货吧……"

几天之后，派出所治安管理大队大队长开展案件回访，遇到了进货回来的刘女士。刘女士说："真是不好意思，让民警垫钱给我办证，而且，打个电话叫我去取就行了，还亲自给我送到家里。现在虽然案子没破，但你们真的尽心了，我对你们的工作照样满意!"

案子没破，群众仍然满意！关键在哪里呢……

晚上，翻看一本杂志时，从上面又看到一则警察故事。看完后，竟然又让我回味了很久。

故事的名字叫《向交警投诉警察》，作者彭先生在文中说，有天下午，他路过阜成门，看见几个交警在执行警卫任务。恰好有一辆警车路过，彭先生看到驾驶那辆车的警察正在打手机。他立即冲着身边执勤的交警喊："那司机在打手机!"交警也看到了，但客气地说正在执行特勤，要他稍作等候。

三分钟后，警卫车队开过去。那交警走到彭先生面前，记录了彭先生的举报，告知他，要回去给领导汇报。彭先生要求交警队向他及时通报处理结果，因为这是一个普通公民的监督权。

交警记录了彭先生的电话，并告诉了他交警队的号码。半小时后，彭先生就接到了交警队的电话，叫他过去做笔录取证。彭先生在半小时后到达西四交警队，做完笔录。交警表示会尽快处理。

彭先生在回家的路上就接到了交警的电话，说查到了违法车辆，是西城新街口派出所的。交警与该派出所政委联系了，政委希望与彭先生沟通一下。

一会儿，彭先生的电话响了。政委在电话里感谢彭先生的监督，告诉他已经责令违法警察前往交警队接受处罚。彭先生说，他对这样的态度很欣慰，他和警察无仇，只是和警察的特权行为有仇。政委又表示，欢迎彭先生今后继续监督警察。随后，他们友好道别。

彭先生在文后写道，处理此事的交警后来还给他打了电话，说那名交警很快来到，已经执行了处罚，被扣 2 分，罚款 200 元，欢迎他随时去查验存根。

我之所以复述这段故事，不是想说，人家首都的警察素质就是高；也不是想说，这位公民还真较真。我猜想，这样的事情如果发生在我隶属的大省、发生在我身居的小城，也是完全有可能会被重演的。因为警察整体素质在不断提高，从严治警的力度在不断加大，我们身边，更是不缺乏"较真"的公民群众。

我最想说的还是，满意率究竟从哪里来。

我仔细琢磨了两个故事之后，觉得无非就是"尽心"二字。

得人心者得天下。公安工作取得群众满意率的制胜法宝就是"尽心"。案子没破，有各种客观因素；服务不够尽善尽美，有各种条件之约；处理惩罚，有各种法条法规的底线……破案能做到穷尽办法了，群众看在眼里，记在心里；管理惩处能做到有法可依、公正公平，群众自然口服心服；服务反馈受条件局限，群众诉求即便不能得到完全满足，能做到态度和善、有礼有节，群众也会理解宽容。

每年测评公众安全感调查和执法满意率的时候，公安机关上至领导指挥层下至普通民警，都会认真思考满意率如何提升的问题。大家会总结归纳并身体力行：满意率从执法规范化而来，从出台服务措施而来，从民警对群众的态度而来，从加大正面宣传、控制负面舆论而来……

细节决定成败。其实归根到底，满意率，必是从“尽心”的细节层层构建而来——是由每个民警所做的每件大事小事、所说的每句每段语言构建起的一座摩天大厦。它靠的是民警执法环节的严丝合缝，业务能力和个人修养的质量过硬、言行举止的符合标准、真心实意把群众当亲朋好友、想群众所想，急群众所急以及内心对职业建筑的热爱、对民意地基的稳固铺垫、对从严治警、舆论监督监理的高度理解……

摩天大厦不是一天建成的，满意率也不会是一蹴而就的。它需要我们每个人从身边的每件小事的每个细节“尽心”而为，影响一个人、一家人、一群人，进而影响公众舆论的总体评价。

端庄女警，为爱痴狂

他俩来自一个小县城。那年暑假结束，一个警校小女生，一个“北漂”，在火车上坐在了相邻的座位上。

谈起音乐，竟然相见恨晚。她下了车，临走的时候，手里攥着他偷偷塞给她的纸条。那上面，是一个 QQ 号。

他们就这样慢慢喜欢上了，直到爱得天崩地裂。

每每想到距离，他们也有些迷茫，可转念一想，管它呢，船到桥头自然直。

她毕业了，果然分开了。他没有能力把她安排在京城，自己还住着地下室呢！她考进家乡的县公安局当了一名 110 报警台的接警员。

一分开果然就思念。一天不打电话，半月不见都不行，你来了我去了，车票电话费花了无数。她经常在电话里哭，求他回家来。男人嘛，谁没点事业心，北京的事业刚起步，机会多，小县城哪里装得下他的野心。这样拖了一年多，突然就一刀斩断了情缘，分手了——她是被家长逼得紧，主动提出非分手不可：“要不，我妈就和我断绝关系了。妈说女人青春短，拖不起。”无奈，他被迫答应了。分了手，各自相亲。一晃一年又过去了，她阅人无数，但始终找不到替代那个人的人，也许，爱就是这样。他却很顺利，很快地，和一个南方女订了婚。后天，就是他们的订婚礼了。

那夜，她正在 110 值班。他的一个朋友给她打电话。听到他要订婚的消息，不知怎么的，她像快疯了似的，叫来同事替班，连夜赶到火车站，买了最近的一趟车，直奔千里之外去了。

一路没有座位，也没有卧铺，站了十多个小时。终于见了他，她也不说话，就是抽抽搭搭地哭，直哭得他也掉了泪，一把把她揽在怀里。这时她才知道，朋友的那个电话，是他喝醉了，哭得稀里哗啦，让朋友打的。

就这样，很不容易的，他被女方家骂了、打了耳光、赔了不是，订的婚退掉了。啥叫非你莫属？这可不就是嘛！

后来呢？后来的今天，他成了京城里的小老板，他们的儿子也已经上小学了。

他对她的好，熟人皆知。虽然距离远，但家中大事尽量不让她操心。房子车子他买，孩子他给父母钱，让在家乡的父母帮着带，有空就跑回来，小别胜新婚，两情相悦过着双城生活。

别人问她，你们的婚姻怎么会这么好？她心里有底，自己的婚姻是争来的，要珍惜。对他而言，他爱她，因为那夜，看到那个发了疯一样赶了火车奔来的小女警，他才明白，身为女警，端庄如她，今生也会为爱痴狂。所以，她的爱，值得他放弃全世界。

毒之殇

这是一组触目惊心的数字。根据公安部统计，截至 2014 年年底，我国累计登记吸毒人员 295. 5 万名，估计实际人数超过 1400 万名。

国家禁毒委副主任兼国家禁毒办主任刘跃进在今年 5 月 11 日召开的国家禁毒委全体会议上介绍，近年来，吸毒者人员基数庞大，复吸率高，治理难度大，社会危害严重，由吸毒酿成的自杀自残、盗窃抢劫、毒驾肇事、劫持人质、聚众淫乱等极端案件屡有发生。

2014 年，全国共查获吸毒人员 88. 7 万人次，强制隔离戒毒 26. 4 万人。3 年未复吸人员达到 100. 9 万名。

一

那是一个下午，我到分局刑警大队采访一个案件。韩队长没在。内勤说，他们去抓一个盗窃手机店的吸毒者去了，可能快回来了。外面正飘着雨，又潮又冷。

不一会儿，他们头发衣服都淋湿着回来了。等他们轮换换衣服的当口，我坐在审讯室一角的椅子上，打量着他们抓回来的吸毒男人。

这个男人看上去 30 来岁，个子足有一米九，审讯椅都有点盛不下他。他的相貌，也不像通常那种瘦骨嶙嶙、肤色暗黑、无精打采的吸毒者的外貌，浓眉大眼、四方脸，看上去甚至还有点仪表堂堂，看样子，吸毒时间并不长。是什么促使他吸毒的？我临时决定，旁听一会儿。

从审讯中，我得知，他姓李，28 岁，本有个美满的小家庭，有间收入稳定的小店，有疼爱他的父母。可是这一切，从他认识了一个女人后，彻底变了。

韩队长问他："后悔吗？"他的眼中射出一道能杀死人的狠光："我悔死了，如果那个女人死了，我去给她放鞭炮。"放鞭炮，在我国的习俗里，除了逢年过节、红白喜事外，就是诅咒的涵义。在那个女人的诱惑下，他染指毒品，随之沾上了毒瘾，犯了瘾就去找那个女人拿毒品。不过短短两年，丰厚的家底就吸干了，父母愤然和他断绝了亲子关系。

纵有万贯家私也架不住一朝吸毒，翻开我历年采访的吸贩毒案件笔记，发现有个共同现象，吸毒的人，大多来自于之前有点家底的富裕家庭。"饱暖思淫欲"，也许就是某些缺少自控能力的人的劣根性。

笔记里，其他那些吸毒者的结局，也大多和小李一样，不是家破，就是人亡。

常子，早年家里投资金矿赚了一大笔钱，人也长得帅气白净，家在县城，还找了个在市里工作的漂亮未婚妻。然而，常子跟着那些纨绔子弟学会了吸毒，很快陷进泥潭，逢亲友就借钱。大家开始零星还给点，后来得知他吸毒后都躲着他。父母把他锁在家里，也戒不了。一旦毒瘾发作，他就彻夜哀号。未婚妻还没入洞房就和他分手了。现在他的日子已生不如死。

吸毒者的死亡，有的甚至比俗话说的"不得好死"的数类死法之一的"暴尸街头"还不好。某君，因盗窃被警方通缉，吸毒，于一天下午自杀。警察通知他父母到场后，父母淡淡地看了一眼，说："死了好，他活着难受，家人跟着他遭罪，这是最好的解脱。"说完转身就走，尸都不给他收。这得有多久的煎熬、多深的失望和多沉的怨恨，才能让父母对亲生骨肉达到如此的冷漠……

李某，被发现死亡时，躺在臭气熏天的公共厕所里，临死，胳膊上还扎着吸毒用的针管。针管里全是污水。没钱买毒品，毒瘾发作的他就灌了一针管脏水权当毒品。

二

从分局回来的那天晚上，在韩队长的微博里，我看到小李当时检举揭发的毒贩，刑警队于当晚即将他们抓获归案，缴获冰毒、海洛因各一包。不出所料，抓捕时，毒贩身上果然带着刀。

像小李这样，由吸贩毒走上犯罪道路的，也屡见不鲜。

吸毒者姚某在公交车上扒窃，盗得现金 1200 元和失主身份证、5 张银行卡。因为失主只简单地用生日做密码，姚某试出密码后，在两个自动提款机上疯狂刷卡取款 3 万余元，然后还不过瘾，他又跑到商场刷卡买了 1．9 万余元的金首饰。

一个女孩向警方报案，称被强制吸毒后强迫卖淫。经过两个多月的侦查，警方抓获了强迫他人吸毒和卖淫的嫌疑人，也摧毁了一个吸贩毒卖淫一条龙犯罪的团伙 7 人，解救出被强制吸毒强迫卖淫的女孩 4 人。

毒祸，不仅害人败家，还在于它能引发其他恶性犯罪：自杀自残、毒驾肇事、劫持人质……吸毒吸光家底后，女的卖淫，男的盗抢骗，甚至以贩养吸。由贩毒引发的恶性案件也屡见不鲜，有因为毒品掺了假密谋暗杀毒贩的，有因为诱惑家人吸毒来找毒贩寻仇的，有抗拒追捕暴力袭警的……

以贩养吸，又是许多吸毒者的必然之路，一条不归路。

贩毒，是提着脑袋的营生，一旦被抓获，多数被判重刑，甚至是极刑。有人的地方就有犯罪，依然有人要为了毒品的高额利益链而走险。也正是因为贩毒是极高风险的犯罪类型，所以毒贩一般都会随身带着凶器：刀、钢筋棍、钢珠枪、猎枪，甚至从境外偷买的制式枪等。说贩毒高风险，一方面他们的风险来自警察的抓捕，另一方面，他们的风险还来自毒贩团伙之间的火拼，吸毒者的抢劫等。去年，就有两个从邻省过来贩毒的毒贩被下线三个小毒贩追杀，携带的毒品被瓜分。

我的笔记里，还记录了这样一些案例：今年五月，某县公安局侦破一起贩毒案件时，抓获两女四男共六名毒贩。从毒贩身上，缴获仿64手枪一支，子弹九发，刀具三把。

在一起贩毒案中，丈夫杨某吸毒，最后因为无力支付高额毒资，妻子李某就以自家开的理发店为据点，暗地里从事贩毒生意。被抓时，妻子李某还身怀有孕。

刘某芳，涉嫌贩毒。同伙均被抓获后，她马不停蹄地日夜逃到新疆昌吉回族自治州，以摘棉花为生。清网行动中，警方锁定她的行踪，将她从棉花地里抓获时，多年的逃犯生涯，已使精神时刻处于高度紧张状态下的她，恍惚到不记得自己的名字。警察拍了她的照片，通过网络传回到当地看守所，通过她服刑的丈夫辨认，这才将她抓回归案。

看守所里的刘某芳，常常以泪洗面。她的经历，在采访后曾让我整夜失眠。新婚之初，他们的家庭条件还很优越，夫妻俩投资建了一家工厂，效益也不错。钱多了后，丈夫不学好，沾上了毒瘾。多次劝说无效，刘某芳一赌气对丈夫说："是个人还能没点骨气，我就不信毒品有多大魔性，吸了还戒不了，我吸毒再戒了给你看看！"可是，她吸上毒以后，就染上了瘾。几年下来，夫妻俩把几百万的家产挥霍一空。入不敷出，他们只好走上以贩养吸的道路。如今，夫妻俩都身陷囹圄，家里还有两个儿子，一个没有工作，一个正在上大学。另外，她还有一个患癌的哥哥，因为缺钱无法接受医治。

三

还回到前文中的小李。好在他的妻子对他不离不弃，总是声泪俱下地劝他，让他改。

审讯中，他曾哀求韩队长："我要立功，我检举毒贩。不然我老婆没人管，她还有一个多月就要生了。""你还知道有家？吸毒时都不想想你老婆和没出生的孩子?”他的头埋得更低了:“我戒不掉。今天早上兜里还剩60元，刚才出门都给了老婆，让她买饭吃。现在她一天只吃一顿饭，没活路了，再给我一次机会，我一定把毒戒掉。”

怀胎八个月，正是孕妇胃口大开的时候，其他家庭想方设法都要给孕妇增加营养的。一天才吃一顿饭，这种情形怎能不让办案的警察们唏嘘。可又无奈，法律是无情的。这种痛心疾首的忏悔，韩队长他们应该都不知道听过多少遍了。走出审讯室，韩队长告诉我的话让我吃了一惊。他说:“我当刑警十多年了，接触的吸毒者至少有好几百人，至今没有发现有一例能真正戒毒的。”韩队长说，吸毒者，已经成了警方密切关注的高犯罪人群，吸毒、犯罪、吸毒、犯罪……对于吸毒者而言，成了控制他们生活的恶性循环，一种魔咒。

关永新，某县禁毒民警，从事禁毒工作5年。采访中，他告诉我:吸毒的人，吸毒量会日益加大，时间长了自然损害身体。记忆力减退，掉头发，皮肤松弛衰老，心脏、肝肾功能都减退还不算什么，他说，很多吸毒者，都是死于最后那一次的疯狂——“吸毒过量”所引起的吸毒中毒，这要占到吸毒引起的死亡数的一半以上。

他说，传统毒品海洛因贵，主要用于吸毒时间较长的中老年人群。冰毒、麻古等合成毒品便宜，则主要是年轻人吸食。本地KTV等娱乐场所中的陪唱女，吸毒比例非常高，大概要占到总人数的一半以上。吸食冰毒的人能出现幻觉，除语无伦次、情绪失控外，还极易引发聚众淫乱。聚众淫乱，有的在会所，有的在家庭，有的则在互联网的视频聊天室内，互相表演吸毒后的“嗨”态浪状，交流吸毒心得。

他们掌握的吸贩毒人员中，年龄最大的70多岁，最小的只有15岁。15岁这个男孩子，从小父亲离家，由母亲抚养长大，辍学后，跟着毒贩当小马仔，每送一包毒品能得20元到30元的路费，吸毒。90后女孩刘某娟，今年也只有22岁。她初中辍学，不到20岁就生了孩子，和毒贩姘居，自己也成了毒贩，吸毒。

张文元，某县禁毒民警，从事禁毒工作12年。他告诉我，吸毒的有农民、工人、公务员，还有在校大中专学生，一般一抓都是一对儿——两口子同时吸毒的比例非常高。这也就是说，毒品渗透的人群已没有底线。目前街面犯罪的抢夺、绺窃等，系吸毒人员作案的要占到70%以上。而且，每一名吸毒人员或多或少都有肝病、性病，有的甚至还是艾滋病患者。今年5月27日刚抓获的一男一女两名特大毒贩，体检后发现都患有重度梅毒。

吸毒的人吸毒时喜欢扎堆。吸到最后穷困潦倒时，共用针管的现象并不鲜见。庞某三人在某小旅馆吸毒时被抓获，三个人因为经常共用针管，同时被检出艾滋病。

这种情况让警方也很头疼。吸贩毒人群是一群犯罪率很高的人群，抓捕他们时，除了民警要冒嫌疑人殊死反抗的风险，还要时刻警惕在收集违法犯罪证据时，他们装在包里、兜里或者正扎在身上的针管、污染物所带来的传染病风险，肝炎、性病，甚至艾滋病……如果吸毒者被收进戒毒所，因涉嫌犯罪被关进看守所、监狱，那么，监管他们的警察，也将时刻面临被感染的风险。本来是正常工作职责内的执法办案，如果因此而不慎感染不治之症，这种高风险，怎能不让他们的家人牵肠挂肚。

所以，毒祸伤害的，是吸毒者自己的人生，也是千万个染毒家庭里父母子女的泣血悲情，更是法治社会的正常秩序，于亲情、于道德、于法律，一个都对不起。在我们生存的这块土地上，毒祸如果任意肆虐，会让无数家庭陷进万劫不复的境地。

“一日吸毒，终生戒毒。”这绝不是危言耸听。关永新用多年禁毒得来的经验介绍说，戒毒，最关键的是摆脱从前的吸毒圈子。不见，很多人也就不想毒品了，只要一见毒品，一见吸毒人，那种“馋瘾”就马上变得不可遏止。但现在我们身处高速发展的社会，又不可能总把人困在家里或戒毒所，这也是很多人戒不了毒的原因。

希望更多的人能认识到毒品的危害，从今天起影响身边更多的人：拒绝毒品，应该和必须从拒绝第一口开始。任何时候，无论是病痛还是抑郁，无论是狂欢还是寂寞，都要对毒品保持高度警惕。

毒品，社会的毒瘤。毒祸，猛于虎！

我自豪，我是 110 民警！

我调到公安局 110 报警服务台指挥中心工作已经整整 8 年了。

记得 8 年前的那天，局领导语重心长地对我说："你是咱局里第一个本科大学生，一定要发挥好你的专长，好好工作。"当时我暗暗下了决心，一定不辜负领导的期望，在这个岗位上干出成绩。

那时我是怀着一种对公安工作近乎崇拜的心情投入到工作中的，由于当时的 110 报警服务台刚刚成立，一切都是从无到有，在领导和老同志的指导和关怀下，从业务上的不熟悉到熟悉，工作中的不老练到老练，从外行到内行，个中艰辛，实在难以一语道尽。

回想 8 年来的经历，110 的工作真是紧张刺激和平凡单调交织……

一辆辆被盗抢的机动车，一个个犯罪嫌疑人，经过我们快速调度，合理布阵被截获的时候，我们的心情是痛快的。

一个个走失的老人孩子，经过我们的多方打听联系，和亲人团聚相拥而泣的时候，我们的心是澎湃的。

一个个生病、受伤的危难群众经过我们的快速救助，得以保全健康生命的时候，我们的心是踏实的。

一面面锦旗、一封封表扬信送到我们指挥中心办公室的时候，我们的心是宽慰的……

每当夜深人静、万籁俱寂，人们已经进入甜美梦乡时，孤独和寂寞也会潮水般地向我们涌来；每当中秋、重阳、除夕、端午来临，人们沉浸在走亲访友、休闲安详的幸福之中时，忙碌和紧张仍像密友一样和我们相伴；每当听到一掷千金、挥金如土的故事，我们也曾为我们的清贫感慨；每当听到灯红酒绿、情人小蜜的传说，我们也曾为我们的单纯触动；每当看到活跃在一线的同龄同事立功受奖、轰轰烈烈的经历，我们也曾为我们没有鲜花和荣誉的事业而困惑；每当听到身边的朋友事业有成、蒸蒸日上的骄傲，我们也曾为我们的默默无闻、千篇一律而苦恼。

曾几何时，我们在一天24小时、一年365天从来没锁过门的110值班室郁闷：我们抓过一个犯罪嫌疑人吗？我们办过一起案件吗？我们知道审讯笔录怎么问吗？我们知道结案报告如何审批吗？我们出去执行过哪怕是警卫的任务吗？我们也穿警服，我们也接触犯罪，当个人前途与工作大局抵触的时候，我们是应该乐观地选择服从命令还是应该消极地选择撞钟怠工？

是啊，我们的工作平凡却也不乏崇高，尽管我们不是真枪实弹地冲锋在公安第一线，为报警群众排扰解难却从来都“不识庐山真面目”，但我们协助领导用兵布阵，救助群众摆脱危难也同样充满着紧张，需要智慧和思考。正确调度、快速指挥也是公安机关打胜仗所不可缺少的呀！

记得有一次，有一个报警人焦急地说有几个人打他，并要开走他的车。由于我们平时接触很多涉及经济纠纷的案件，所以一名参加工作不久的接警员习惯地将此案当成一般的经济纠纷和打架斗殴，结果失去了最佳时机，我们与这起抢劫案件的告破失之交臂。教训是沉痛的，领导召集我们开了几次会，我们大家都深深自责，人民群众对我们抱着多么大的期望和信任，我们是丝毫也没有权力儿戏的。110接的警真是宁可信其有，不可信其无；宁可信其大，不可信其小。群众报警夸张不夸张，我们的工作负责不负责是两码事，宁可让出警民警回来在领导面前抱怨，也不能让人民群众对公安110的威信失望。这块牌子立得起，砸不起呀！

我爱我的岗位，我为我的岗位自豪。它虽只是尺余工作台，却心系千家万户的安危。

冬夜悟雨

你是一名女警。

你值夜班的大办公室里有一排长长的窗户，你的职责是守几部值班电话。

电话不响，你就无事可做。

今夜有雨。你找了个舒服的姿势，趴在宽宽的窗台上看雨。

常常以为：雨打芭蕉是一种音乐的旋律，雨落水面是一种久别后的重逢，雨中漫步是一种柔情的浪漫，雨后彩虹则诠释的是一种生命的壮丽。夏雨烈烈，秋雨绵绵，冬雨沉沉，而春雨，在小城演变的是漫天的飘逸，纷纷扬扬播报的是早春的讯息。

正是初冬的雨，丝丝飘过来还带着透心的寒意，你竖起衣领，却不忍关了窗户，因为玻璃会影响你和雨的交融。

记得小时候，你也喜欢坐在门口的小板凳上，透过门上挂的竹帘子看雨，雨点沙沙地落下来，迅速化在土里，在地上不时溅起一点水花的那种雨，是你最喜欢的。那时的你总在拼命地想你的未来。伴着雨，曾有多少美妙的憧憬在你脑海里闪现，也只有伴着雨，你的少女时的理想才会被重新唤醒，来和成年的你寻找某种默契。

“子在川上曰：逝者如斯夫。”面对大江东去时光飞逝，圣人都难免心怀遗憾，何况你呢？不是有圣贤也说过：“我聪明的，我们的日子为什么一去不复返了呢？”雨水形成的江河日夜奔流一去不返，像极了随风飘去的日日夜夜。

雨是有灵性的，它能洞察人的心灵。你喜欢今夜的雨，这雨悄声地落下来，刷洗着世间的纤尘，同样也刷洗着人的灵魂，催人思维，给人启迪。没有雨的日子里的忙碌和嘈杂，你无法静心思索，无法认清一个世俗的你，无法描绘一个真实的你。你站着做人，坐着做事，需要把握一个真实的你，面对汩汩流淌的日子，你的向往一次次被泪水打湿，又一次次被热望烘干。你看到通往名利场的捷径上人头攒动，你拥我挤热闹非凡，你有时也不得不开始只承认结局，只相信成功。是什么逐渐雕饰着你，刻意勾画着你，替代了你的单纯和真情？塑造了你的世故和老成？变得只取目标，希求冷漠封闭；变得浮躁事故，追求喧闹繁华；变得忘记了——静心看雨，活得更像自己。

感谢今夜的闲暇，感谢今夜的雨。这雨像一面镜子，却不染纤尘，神秘而深沉，静静地送来一首无字的诗，一支无言的歌。幻化出纯洁的梦境，抚慰孤独失落的自我。它让渴望凝聚，让真诚等待，让梦想停泊，让灵魂归于平安。沉浸在这样的雨中便生出一种期待，期待着这雨可以经常滋润干枯粗糙的心灵，让它的飘落归于自然，归于平凡，归于宁静……

中断的善行

昨晚在微信中邂逅了他，看到他名字的瞬间，直觉就告诉我他是谁。

一问之下，果然是。简单回忆了一下，大约有六七年和他失去了联系。期间手机坏过，他的号码也就丢失了。

这是我采访并资助过的一个男人。

我问他："孩子还好吗?"

"上二年级了。"

"日子过得真快啊！记得那年她还是个小婴儿。她脸上的伤，对生活有影响吗?"

"有的。没有头发和眉毛，不过她学习好，很多孩子也和她玩。"

"她妈妈呢?"

"嫁人了。"

"你们离婚了？那你又结婚没?"

"没有，等孩子大点。"

认识他，是源于一次采访。有一起纵火案，发生在河南陕县支建煤矿。案子的来由似乎很简单，又似乎很复杂。两个男人同是矿上的职工，也是好朋友，更是筒子楼里的邻居，那一家的婚姻，还是这一家的女人给撮合做媒成的。两家的两个女人又都在矿上的医院工作，曾经也是要好的同事。关系近了，总在一起玩，事情也跟着麻烦起来。这家没有电脑，可是又爱玩。于是就经常去那家玩电脑。某一天，那家的女人无意中发现这家的女人玩电脑时，胳膊挨在那家男人的胳膊上。那家的女人从此心生疑窦，怀疑这家的女人勾引自己老公或早就和自己老公“相好”。于是，指桑骂槐、摔东打西，两家逐渐起了矛盾，继而反目成仇。终于有一天，那家那个因爱生妒的内向女人，先是泼了一盆脏水在这家的门口，引来这家女人的骂骂咧咧。一怒之下，那家的女人拎着一桶汽油就进了这家女人的门，兜头把汽油浇过去，然后，点燃了打火机。

火灾“砰”地一声在瞬间爆发。纵火的女人被自己纵的火呛住咽喉，当场窒息死亡。被烧的女人以及她怀里八个月大的女儿被烧成重伤。

我在采访时，见到了被烧这家的男人。突如其来的变故险些把这个不满30岁的男人打垮。妻子、女儿的毁容残疾、高额的医药费、妻子娘家的抱怨……因为付不起医药费，他把妻子、女儿转到了街道上一间简陋的烧伤诊所里。说起还要去上海做的植皮手术、后续的治疗费用，家庭和女儿的前景，他的泪顺着脸一直流、一直流。

矿上也陆续给他们补助了些医药费，又号召矿工给捐了款。可还是补不够那些高额的花销。记得他当时介绍：一张治疗烧伤的药贴就需要600元，而她们一天就需要贴几十张。

我写了篇稿子发在当地的一家刊物上。看到稿子的一些爱心人士也给捐了些款。于是，有一天，他特意找到我单位来表示谢意。临走的时候，我想掏200元钱给他，杯水车薪而已。可他几次推辞不要，出了门小跑着下楼梯。我只好把200元钱丢下去，叫他听话接着。

这事虽然小，可那个小伙子却非常感激。后来我们互通过几封邮件，给我通报下治疗情况和下一步的打算，我给他一些鼓励。随后的几年春节，他都连着给我发短信问候，亲热地叫我姐姐，谢谢我对他的帮助和鼓励。

直到后来，他说要去外出打工挣钱。我们也因此断了音讯。

这次遇见他，我才知道他和妻子离了婚，他负担孩子，前妻娘家负担大人。前妻治愈后又嫁了人……

除了给贫困山区捐书捐衣、给贫困母亲捐款捐物等集体型善行之外，这还是我第一次有明确捐助对象的善行。

第二次善行，是为我原单位一个身患白血病的同事。原先我在县公安局工作的时候，我在110指挥中心，他在刑侦技术室。每遇大要案，总要电话联络。有时值班恰好赶在一起，他也上楼来坐坐聊聊，彼此也算熟悉。

后来我调到了市公安局。一次下县采访，得知他不幸患了白血病。县公安局的局长、政委正在为他的骨髓移植手术到处募钱。政委刚去医院看望过他，说起手术费的事，就说让我写个稿子，看能不能募捐一部分钱。

他还说："你要能募捐到两万元，我请你们宣传处的全体人吃饭!"

后来，我写了个稿子发表在本地报纸上。当地其他单位的领导看见后，号召他们单位员工给捐了共有几千元。我又在公安内网的几个论坛发起了"救救战友"的募捐。怕有人质疑，我特意将汇款地址直接写成县公安局政办室。捐款地址和姓名由政办室工作人员汇总，发邮件给我，我再贴到论坛上感谢。

论坛上的全国公安网友非常热心，大家在半个月之内就捐了一万多元。其中很多只留了个单位地址，连名字都不知道。

县公安局的同事们也都捐了爱心。那位患病的同事得知后，还特意给我发来短信，一改过去的职务称呼，也是亲热地把我唤作姐姐，感谢我对他的关心。

县公安局筹措了手术费的大头，加上社会和全国公安网友的一致努力，那个患病的同事很快做了骨髓移植手术。

然而，手术大约十个月后，他还是去世了。

我登陆到当初募捐的论坛，告知了大家这个消息，也算给捐助的全国公安网友一个结果。和我预想的一样，公安网友纷纷回复了我的这篇感谢贴，异口同声地表达的，都是遗憾、遗憾。

这两次善行就这样中断了。一次是被助者失去了联系，一次是被助者失去了生命。

这两次善行给我留下的印象极其深刻，每每想起还耿耿于怀。

“人之初，性本善。”也许每个人都有行善积德的潜意识和美好愿望。心若莲花，当遇到合适的萌发机会时，善行就会像一朵莲的嫩芽一样，轻轻浮出水面，摇曳生姿，给那些遭遇困境的生命带来一些不可多得的帮扶，同时也给自己留下一点温暖的记忆。

有时候，我常常想，善行的中止，如果是被助人战胜了厄运、走出了困境而中止的，那就是最结善缘、最有慧根的善行了。

然而，有些厄运却会伴随人的一生，如影随形。比如那对被烧伤的母女，以及抚养烧伤女儿的父亲。有些厄运也会长久地影响未亡人的生活和心情，比如那位身患白血病撒手而去的同事所留下的下岗的妻子和年幼的儿子。

善行不能因善始善终而到达终点时，或许势必让它继续跑下去，让它在弯道处拐个弯，指向那些仍然需要它的地方，比如能够联系上的那对苦命的父女，能够找得到的那对苦命的母子。

善始善终的善行不是中断的善行，是圆满地被画上句号的善行，这才是完美的善行。中断的善行，总有一种隐隐的牵挂和未竟的心愿在作祟，所以，中断的善行，它需要的，也许是延续、是持久、是坚持。

如果，今后还有机会可以帮到这对恢复了联系的父女，还有机会可以帮到我原先同事的遗孀和儿子，我一定会尽力——把中断的善行延续下去……

紫藤花开

快到“五一”了，离得老远，我就看见那一大棵紫藤，开花了。

这树紫藤，位于黄河边的老陕州风景区内，旁边是一排小店。可以说，这是我们这座小城最大的一株紫藤，也是我所见过的最大一树紫藤。它的年份有多久，已无从可知。它是谁栽下的，也并不重要。每年，我都会专门来看它，会坐在它的荫凉底下，细细吃下一碗油泼面。油泼面是家常饭，不高端，但实用，顶饥扛饿。我发现，小城的人们有不少也是这么做的，因为每一次我来，都能看见树下花下，坐满了人。所谓前人栽树后人乘凉，大抵说的就是这样的景象。

我曾经在树下流连忘返，细细打量它。它的主干坚实有力，曲折蜿蜒地向上，伸向看似遥远的天空。去年才新扩建的铁架子，似乎又有些不够宽大了，今年新生的花枝又蔓延着探出头来，有的指向天空，有的指向四面八方。它的花当然是紫色的，一串一串，如帘幕，如瀑布，饱满、密集，热烈地垂下头来，齐齐朝向大地，齐齐迎接着打量着它们的人们。

紫藤花开，树下阵阵芳香。紫藤的香，是清香，带一丝槐花的糯，也带一丝桂花的甜，淡淡地飘散，如果人深呼吸要刻意捕捉它时，香气又稍纵而逝，飘忽得像玩着捉迷藏的顽皮小姑娘。

紫藤花开，返璞归真。它的花比不过牡丹的雍容华贵，也不及茉莉的沁人心脾，不如茶花的端庄周正，也难抵玫瑰的寓意深远。它是平凡的，也是普通的，就像我们大多数的劳动者，默默付出，努力绽放，各自在无人注意的角落，盛开出属于自己的光芒。即便无人喝彩，也散发出尽力而为的一缕芬芳。

人们常说，喜爱紫色的女人多愁善感。我喜欢紫藤，在它的树下，有它的相伴，抑或心中有紫藤，心中紫藤花开正艳，我真的会变得多情又善感，对生活充满了热爱，对人们充满了善意，对工作充满了敬重，对写作充满了激情，也对我曾经在笔下描写过的警营精英，充满了尊敬……

离那树紫藤花不远，是这座小城唯一的一所高校。高校的门口，有一个警务室。警务室里，有个紫藤花般的小姑娘。她的样貌谈不上出众，口才也朴实无华，但她的警务室却连年被省里评为优秀警务室。每次，组织要给她荣誉，要让她巡回演讲时，她却总是红着小脸拒绝："我真的没做什么，我不会说。"她，像不像饱满热烈的紫藤花？

像她这样如紫藤花般的基层民警，又何止她一个？他，贫困下岗职工小区的社区民警，被社区老人称为"儿子"，只要来人参观，那些他平日里帮过的百姓就会哭着诉说他的功德，而他，则在一旁面红耳赤地劝阻："您老身体不好，可不能再这样激动了，我真不好意思。"他对象是社区群众给介绍的，他的婚事，是社区群众帮忙操办的，能把工作做到这份上，还如此谦逊，他，像不像低头垂首的紫藤花？她，五十多岁的女刑警，也是我所在的小城中年龄最大的女法医。冒着酷暑勘查现场，为一起起命案到处奔波。脸，常年是紫铜色的，曾经眉清目秀的小姑娘，把一生最好的年华，都给了尸体、检材、暴晒和恶臭。每次我要采访她，她都客气地回绝："这是我的工作，你把我宣传得高了，我反而不会干了。"能把工作当成事业，内心却如此从容淡定，她，像不像淡雅素气的紫藤花？他，扎根一个人的山区派出所长达八年，常年忍受山风呼啸，交通不便，忍受寂寞孤独，单打独斗，尽心尽力把辖区管成了"零发案"，组织给他的评语是：警力少，精神不少；条件差，状态不差。他，像不像结实坚韧的紫藤花？

像这样如紫藤花开的警营精英，又何止是她，或者他？紫藤花开，紫藤花开，愿警营多些、再多些紫藤花开，洒向人间都是春，洒向人间，都是劳动者的笑颜……

小姨的“农转非”与“非转农”

排行老大的母亲有九个弟妹，我最小的姨只比我大3岁。

那些年，我的母亲在县邮政局工作，父亲在派出所工作，两个人的工资养活我们三个子女。这样的“市民”家庭每月拿工资，发粮票、邮票、布票，是很受农民家庭羡慕的。

母亲的农村娘家虽然离县城也不远，但生活很贫困，家里负担特别重。她在姐弟9人中排行老大，而且除了她以外，8个弟妹都在农村，所以她得经常贴补娘家。弟妹几个的衣服、被子、粮食，一逢过年过节她就得往娘家送。我小时候，记得小姨常常无限憧憬地说，她长大了要是能像我一样——当“市民”、吃商品粮，那该多好啊！

小姨为了成为“市民”的梦想努力着。1979年，她初中毕业，并以全校第一名的成绩考上了重点高中。小姨更加刻苦了，姊妹中，就她学习好，就她有希望继母亲之后成为“市民”。

1982年，小姨没有考上大学，小姨无奈回到了农村的家。小姨心不甘，没多久就来市里打工了。那时，家里的地并没有多少负担，很多农民走出了“农门”，走进小工厂、商店，在城里摆上小摊，开起小饭店，手里的钱也慢慢多起来。

小姨先是在矿上当女工。到20世纪80年代后期，她手头有了闲钱，就在街上开了个小饭店，并和同村的同学结婚生下了一个女儿。

到20世纪90年代，小姨已经举家迁到了县城，买了一套小房子，还是靠开小饭店谋生。那时的小姨，金项链、金戒指、摩托车，比我们家的生活可强多了。

可小姨心里总还是很遗憾，常常跑来找我父亲给她打听“农转非”的事，说她想给她和孩子办个城市户口。我父母给她做了很多说服工作，说现在城市户口没什么用，可她就是不听，也许，执着于这件事只是在圆她幼时的梦想吧？后来，折腾了几个月，小姨靠政策终于实现了自己的愿望，她给自己和老公、女儿都办理了“农转非”户口。

拿到了户口本的小姨特意跑到我家展示了她的城市“绿卡”，记得那天，她长出了一口气说：“可费死劲了！派出所里办‘农转非’的人还排着队，不容易啊！”

20 世纪 90 年代末期，小姨换了 100 多平的大房子，有了私家车，饭店也变成了经营老家提供货源的土特产专卖店，因为经营有方，她还被村里请回去给村民讲过致富课——以“创业成功的企业家”的名义。

21 世纪以后，农村老家变化很大，土特产品牌打出了国门，有乡亲竟然还学会了足不出户靠网络营销自家产的土特产、蔬菜和花卉等产品。村里的小城镇建设也可谓日新月异，都住上了统一规划的“小别墅”，靠运输、经营土特产、花卉、畜禽养殖等走上富裕道路的乡亲越来越多。

那次，小姨又来到我家，一进门就说：“听说有政策了，我想把我的户口还转成农民。”有很多之前转成市民的人要申请再转回农村户口，公安局为此专门下发了文件。

农民户口，不再受歧视不说，还能分地、分红、分宅基地、有选举和被选举权等，好处很多，小姨奔着哪点呢？小姨说：“有了村里的户口，我才能跟着村里的‘精英团’去新马泰、港澳免费考察市场、旅游！”不仅如此，村里还组织有 60 岁以上老人国外“退休游”、年轻人的集体“婚礼游”等，花样不少，难怪小姨想转回户口呢！

这回，没费多少周折，小姨就拿回了她的“非转农”户口本。原来，公安局出台的便民利民措施里，给“原来‘农转非’现在又要办理‘非转农’的人专门开通了专项‘绿色通道’，只要符合政策，五个工作日办理完结。”

拿回农村户口本的小姨又开心地笑了：“手续全了，连队都不用排，态度还特别好，现在的人无论农民、市民，都活得体面！”

太极之美

每天上班的路上，总会路过一个花园，花园在一排单位的围栏外面，绿树隐映，芳草萋萋，更有四季更迭的花儿，竞相斗艳在阳光之下。

看得久了，花园倒熟视无睹了。不知道什么时候，那里经常有一个老人在习练太极拳，每每引得我在上班途中那分秒必争的时间里驻足回眸，不忍快步。

老人大约 60 多岁的样子，鹤发童颜，面色红润，身形瘦小匀称，常是一身白衣白裤装扮，举手投足、收放自如，一起一落、一揽一推之间，潇洒飘逸、气定神闲。

有时，他舞弄的线条伴着清幽缭绕的薄雾；有时，他营造的韵律伴着疏影斑驳的霞光。最难得的是，只要他开始习练，无论身旁的路人如何高声恬噪，还是眼前的车流如何熙熙攘攘，他的眼神只管跟着自己的手指，他的思维只管围着自己的乾坤，如入无人之境，神态淡定，不澜不惊。

路人看得呆了，便会产生一种片刻的错觉，忘记了太极是武术的一种，而时常以为那是一种忘我的舞蹈。那个老者，只是在“起舞弄清影”，体会“何似在人间”的玄妙。那些场景，勾起了人对美的向往，联想起起伏伏之间，不仅呈现出涓涓小溪、如黛青山；丝竹声声、如歌行板；浓墨淡彩、锦绣画卷；抑扬顿挫、平仄词韵。

常听人说太极的最高境界是行云流水、身心兼修，太极之美，果然美在谦谦君子，美在平和安静了。

经常看到老者习练以后，我便有了一个愿望，希望有一天能有机会重拾大学体育课上学了半截的一套太极拳，用来缓和工作的压力、扼制性格的急躁。因为，警察的职业节奏太快、步履太急，似乎总处在风口浪尖、矛盾冲突之中，太极的柔美境界也许对我们这些风风火火的警察应该有很大益处。

可是，纵观大街上花花绿绿的广告，我却找不到一家针对女子习练的太极场馆，倒是那些舶来的瑜伽、肚皮舞、舍宾、拉丁舞女子会所火爆非凡。心里隐隐为国粹心疼着，自此，断了重修太极的念头，以为警察终究是和太极无缘的。

然而有一天，我终于感受到了太极与警察职业的完美结合，也终于重拾欣喜，原来，太极离我们也这么近呀！

那是一次跟踪采访一起恶性命案时，我听到一个刑警朋友谈起他们在抓获那个穷凶极恶的嫌疑人时，说到了我们主管刑侦的副局长陈沛林。他说："我们负责抓捕的亡命之徒死命地扑腾，几个民警都扭不住他。陈局长上来，三拳两脚就把嫌疑人给制服了。"末了，他还补充一句："抓人，陈局长最喜欢第一个冲上去。"

我不禁诧异地问："陈局长比你们年龄都大呀！"他回答："你不知道吧？陈局长是陈氏太极拳的正宗传人呢！"

我更诧异了，在我的印象中，太极拳更像是一个人修身养性的舞蹈。怎么？它在对付敌手上依然和其他武术一样，有独特的克敌制胜的法宝吗？

回到家里，我刻意在网上搜索了一下，才发现我对太极知之甚少。原来，太极拳是道教文化的重要体现，除了有修身养性、强身健体的功效以外，太极拳，尤其是发源于我们河南焦作的陈氏太极拳的技击奥妙更是显现出了道教的崇高思想。流传三百余年来，陈氏太极拳一直保持着其独有的特色：不是"壮其弱、慢让快"的比力气，而是"弱胜壮、慢胜快"的比技巧。它讲究的是以柔克刚，以静制动，引进落空，四两拨千斤。

那一晚，我做了一个梦。梦见在我们大练兵的培训课程上，多了一项太极拳的选修课，那些刚刚练习了擒拿格斗的同事们，在一推一挡中，研习着太极四两拨千斤的精髓。而我们坐机关的女警们，均一袭白衣，衣袂翩翩，气定神闲地尽情演绎着太极之美。抬手移步之间，所有的压力、紧张都烟消云散，有的只是平和安静、上进端庄……

又是一年清明时

转眼，又是一年清明时。

每到这些比如春节、端午、元宵或清明的中华传统节日，总要在内心由衷地感谢我们的祖先。是他们，用厚重的历史、多彩的文化和充满智慧的演绎，给我们民族的每个传统节日赋予了丰富的内涵以及耐人寻味的典故。

清明，本意为天气转晴、草木萌动。古人因为和寒食节临近，所以，把两个节日合二为一统称为清明节。这一天的最重大的事，莫过于扫墓。也因为扫墓，给这个草长莺飞、万木更新的好时节平添了几许哀愁和忧思。不过没关系，祖先很聪明，他们又赋予这个节日踏青、植树、祭祖的习俗，大概也是为减轻这个节日的沉重感吧！

清明很古老，老到可以追溯到春秋战国时期。那时候，有个骑白马的王子，名叫重耳。可是，王子命运多舛，为逃避父亲的妃子骊姬的迫害，不得不骑着马流落他乡。一路上风餐露宿、饥困交加，身边的忠臣介子推只好割下自己腿上的肉给他充饥。

三十年河东，三十年河西。重耳终于做了国君，史称晋文公。晋文公成大事后按功行赏。不料介子推素来淡泊名利。介子推背着母亲躲进山西绵山，不肯受封。

有人献计晋文公，要他放火烧山。原因是介子推是一大孝子，耐不住火烧，一定会带着母亲跑出来。可是，连绵的大火在绵山烧了三天三夜，也没人看见介子推出来。后来，晋文公下令搜山。眼前悲壮的一幕让众人唏嘘不已：介子推背着母亲，靠着一棵烧焦的柳树，双双死去。

过由火起，祭由火熄。第二年，晋文公率领文武官员到绵山祭奠，却发现那棵烧焦的柳树又发了新枝。为了纪念介子推，晋文公带回一支柳条，并下令，民臣在每年的这一天都禁止生火，只能吃生冷食物——这就是寒食节的渊源，也是清明插柳习俗的渊源。

不知道是不是吃冷食有害于老弱妇孺。所以，清明寒食合二为一之后，我们的祖先除延续了插柳的风俗外，又发明了踏青、郊游、荡秋千、放风筝等户外活动，让大家晒太阳做运动，以免冷食淤积身患疾病。

绵山，离我生活的城市并不远。可机缘不合，我还一次也没去拜访过。也因为与绵山的距离近，我心中对清明节也平添了许多敬重。

清明节，就是这么个让人有些纠结的节日。既有怀念追思的感伤，又融合了惬意赏春的悠闲；既溶入了生离死别的追思，又到处是一派萌发新生的明媚。这个特别的节日，就这样以极具特色的内涵，显示着我们中华民族是有良心、懂珍惜的民族：在享受幸福、沐浴春光的时候，不忘先人、不忘英烈，饮水思源，前人栽了树，后人才乘了凉。

清明也是一个让人感觉到厚重的节日。一个国家和民族的复兴，无不在先烈鲜血染红的旗帜下诞生；一个家庭的繁荣和小康，无不在先人的努力和打拼中赢取。感恩先辈的厚德载物，珍惜眼前的平静祥和，这也是每一个人所应该有的良知。

又是一年清明时。这时节，请斟一杯澄澈的甘醴，轻洒在先辈的灵前，道一声问候及哀思，让细雨伴着无限感慨落地有声。彼时，远处也许会有牧童的笛声悠扬婉转，伴着天涯断肠人。

“清明时节雨纷纷，路上行人欲断魂，借问酒家何处有，牧童遥指杏花村。”清明之日，时常会落雨。这雨来得正是时候！清明的雨，纷飞在历史的沧桑中，飘洒在文化的底蕴里。洒落哀愁，掀动思念，伴随着凄楚、感伤，淅淅沥沥，不疾不徐。

这雨来得正是时候！温润万物，孕育勃勃生机，万物重生。春雨贵似油。清明的雨打在新发的嫩叶上，叶子愈发青脆欲滴；打在粉嫩的花骨朵上，花儿更加娇美动人。草儿、花儿、小树儿、庄稼苗儿，都因了这样温柔细致的雨，有了生命的力量和精气神！

雨落无声，雨落却含情。清明，是个能够让人沉下心有所思的节日。

身在警营，从事着这个和平年代压力几乎最大的职业，也因为这个职业“时时有流血、天天有牺牲”，我由衷对清明节又增添了许多重视。每年这时候，年轻民警列着队、捧着花，去给公安英烈扫墓，都是各级公安机关雷打不动要组织的活动。祖国民族不会忘记英烈、人民群众不会忘记英烈、党委政府不会忘记英烈、同事战友不会忘记英烈，亲人朋友，更不会忘记英烈。

也因为此，清明时节，警营里总会泛起另一种莫名的感伤——桃花红雨英雄血，碧海蓝天勇士心；今日神州看平安，陵园千古慰忠魂。想来，在这个刀光剑影、出生入死的行业里，英雄和烈士这些名词是不会绝迹的。在这样的日子里，那些逝去的英烈更是会勾起亲人和战友们心中浓浓的思念之情。轻风在细雨中轻轻吹拂，追忆在脑海里阵阵涌动：“黯然销魂者，唯别而已矣”，人生总有刻骨铭心的离愁别恨。只是警营里的生死离别，却多了几分崇高和悲壮。因为，那些生死离别的背后，大大地书写着正义、奉献、大无畏和忠诚。他们曾经有过的青春岁月，曾经有过的帅气欢颜，虽短暂，却永恒。

在我的职业生涯里，因为是随警记者的关系，曾经近距离接触过两位公安英烈的家人和同事。他们中的一位是治安支队的排爆专家任俊卿。那年，他春节前执行收缴伪劣烟花爆竹的任务。在那一声爆响声前，他留给战友最后一句动人心魄的话：“你们撤远点，让我来！”他们中的另一位是基层交警肖亚生。这位“要干就干最好，要争就争第一”的“拼命三郎”，最终倒在实战练兵的跑道上……

一年又一年，一季又一季，翻开公安史册，全国每年都有数百位英烈壮烈牺牲。每一天，都有英勇的民警迎着歹人的刀，夺着凶贼的棍，挡着暴徒的车轮……用鲜血和汗水，誓死捍卫着家园的和谐和稳定。

有位文人曾这样过描述公安英烈陵园：“这青青草地上座座墓碑，是写在大地上的怀念。这青青草地上座座墓碑，也是对全社会的提醒。这青青草地上的座座墓碑，是对公安民警对党、对共和国、对人民立下的赫赫功勋的特殊记录。他们的功勋，公安烈士的英名，与日月同辉，共天地同在。”相信这些文字也一定会引起无论身在警营内外的您的共鸣。为了社会的安宁、为了人民的利益，甘愿献出宝贵的生命——公安英烈们用热血染红了警徽，用行动抒写着忠心，他们的壮举和精神将永远与日月争辉！

“时时有流血、天天有牺牲。”在这句话背后有多少个不完整的警察家庭，多少个令人潸然泪下的动人故事！“国家安危，公安系于一半”，和平时代，警察，何尝不是最可爱的人。

又到一年清明时，今天的和谐平安，有无数公安英烈的牺牲和奉献；又到一年清明时，珍惜和感恩，应该铭刻在我们每个人的心中。

又是一年清明时，这个节日让人涌起无尽的遐想。是啊，无论是逝者还是生者，都希望能够平平安安地度过一生。因为，人生注定是单程的，一旦远逝，将永远不再来。

又是一年清明时，在这个节日里，向牺牲的战友致敬，向他们的遗属们致敬！许下心底最大的愿望：好人永远一生平安，社会永远和谐安宁！

在 110 指挥大厅过大年

2006 年以前，有漫长的九年时间，我是在县公安局的 110 指挥中心工作的。那时，我虽然是 110 的副主任，但因为部门人手少，我也常常需要跟班。

警察行业里，有许多一天 24 小时、一年 365 天从来不关门的岗位，比如派出所值班室、刑警队接案室、警令部办公室等。110，也是其中的一个。这九年里，有三年我都赶上在除夕值班，也体会了在 110 指挥大厅和其他值班民警一起过大年、守护平安的滋味。

那夜，夜幕渐浓，鞭炮声不断零星传来，新的一年也进入了倒计时。除夕夜值班有个好处，局里有年夜饭。年夜饭和家里的团圆饭一样隆重，有凉菜有热菜，有汤有饮料，还有大饺子，带着组织上对民警一年辛苦的犒劳，也带着对过年值班民警的慰问，又热闹又喜庆。110 不像别处，值班室缺一会人问题不大，110 是必须留人在岗的。所以，一到晚饭时间，我和另外的同事商量好，留一个人值班，其他人先去，等领导敬了酒（其实是饮料）。热菜上来后，一个同事往带去的饭盒里打点菜，上楼来换留守的人去吃饭。我们把这样吃饭的方式叫“流水席”。

除夕夜的报警会异常得少，是人们忙着团聚，外面的人少，纠葛也少了？还是为了过年讨个好彩头，都不报警了？每每此时，于此起彼伏的鞭炮声中，回忆下往昔一年的得失，畅想下新年的打算，给不能团圆的家人打个祝福电话，不知不觉中，看春晚的时间就到了。那时候，局里好多部门都没电视。有些刑警、法制科的同事也会上楼到110大厅，和我们一起看春晚，很热闹的。中间，我们要接电话处置警情、接受指令、通知事宜，所以，那几个春晚的节目都是断断续续看的。不过还好，轮班休息回家后，可以看重播嘛！

那一晚，间或打进110的电话，大多是给我们拜年的。听着这些来自领导、兄弟单位值班人员的电话拜年，听着我们曾经帮助过的群众的致谢，听着亲戚朋友的问候，心里还是很有成就感的。那种感觉，真的很温暖。

跨年的钟声响起的时候，窗外千家万户的爆竹也掀起一阵高潮。虽然我们没有与家人团圆，虽然我们在单位彻夜不眠。但是，这个职业所担负的责任，这个职业存在的意义，也在这千家万户的团圆、平安、祥和里，显得尤为重要。

第二天一早，县里四大班子领导会到各单位慰问。各单位中，公安局是第一站；公安局中，110是第一站。我们早早把大厅收拾得窗明几净，换上警服，坐在自己神圣而平凡的尺余工作台前，开始新一年的工作征程。领导来了，询问我们过节期间的重大警情、值班期间帮助群众的事儿。每当这个时候，我们可比局长都重要，心里特别有职业尊严。

铁打的营盘流水的兵。后来，和我一起吃流水席年夜饭、在110大厅看春晚、迎接领导和群众拜年的那一拨同事，都调走了。我调到了市公安局搞宣传工作，其他有当了派出所副所长的、有当了户籍警的。不知道在每年的年夜饭时、在每年春晚的欢笑声中，他们有没有回忆起——那些年，我们一起在110值班大厅过大年的往事。

换岗位后，我很少有值夜班的经历了，更少有在除夕夜值夜班的经历了。心里，还真是挺怀念的……

女领导的“四不”心经

公安机关是个男多女少的职业。在警营里，女警能够走上领导岗位，成为佼佼者，必有智慧、能力、专业等方面的过人之处。

我是一个地级市公安局的副科级领导，这个职位不起眼，属于芝麻官，但由于身居机关综合部门，工作承上启下，在各种错综复杂的关系中，任职两年多了，所以，对女警担任领导职务还是有些体会的。

我从事的是公安宣传工作，进入这个岗位已逾七年。因为工作有些业绩，近年来，立了一个个人二等功、两个三等功，被评为“市首届十大杰出女警”和“三八红旗手”，从借调到正式调动，再到任职，没有背景，没有关系，不会请客送礼，不会阿谀奉承，一路走来，收获颇丰，却也历尽艰辛。

文字工作，伏案劳作，我已累计发表作品六十多万字，但四十来岁就已满头白发，颈椎病、腰椎病时有折磨，眼睛是又近视又老花，近不得远不得。结合事业的成功和个人的付出之间的权衡，我觉得女警领导，首先第一个“不”就是要允许自己不完美。

女领导一般个性强，做事追求十全十美，这点比男人明显。须知，一分耕耘一分收获，要硕果累累必需艰辛过程，允许自己不完美，才能从心理上对日益繁重的公安工作举重若轻，快乐工作，战略上藐视，战术上重视，打胜仗的把握才更大。越是追求细枝末节的完美，则越可能出错，越会因小失误、小过错给自己造成心理压力，长期下去，必定影响身心健康。

女领导第二个“不”，是要允许自己不扭曲。女领导本来少，在单位是敏感的焦点，如果再有几分姿色，工作能力再被领导多肯定几次，某些莫名其妙的流言蜚语就可能不时萦绕在旁。我不否认有个别单位有好色领导，也不否认有女领导靠姿色上位。但是，这些年来，因好色落马的领导此起彼伏，因献媚上位的女领导，却大多“收获”着离婚、被人非议的境地。大凡出众又赢得大家好评的女领导无不坚韧地保持一个做法：靠自己的工作能力服人，靠自己的傲骨素质赢人。工作干得好，啥时候说出去都硬气，给领导汇报工作落落大方，和同事相处彬彬有礼，和属下共事不卑不亢。衣着打扮不奢华，与人谈笑不轻浮。不因几句流言蜚语就慌张，身正不怕影子斜，行得正，自然坐得稳。不扭曲自己，才能赢得别人的尊重和信服。

女领导第三个“不”，是要允许自己不男人。几年前，曾在饭局中遇到一位女领导，喝酒时，猜拳划枚压指头；谈笑间，抽烟脱鞋大嗓门，衣着邋遢，面容憔悴。当时心想，这哪还是女人！

不容置疑，公安工作确实面对社会阴暗面，需要雷厉风行的工作作风，需要震慑犯罪的威武气质。相比其他职业女性，女警，尤其女警领导，是更忙更累。不是私下有玩笑话说，警察这个职业，是“把女人当男人，把男人当铁人”吗？但是，在人生的范畴内，女警领导切不可忘记自己依然是女人，依然要有女性的柔美气质。身穿警服，是端庄的女警；脱了警服，依然是家庭中合格的妻子、母亲和女儿。上得了厅堂，下得了厨房。女领导虽然身兼事业、家庭两副重担，但缺了哪一头，都不是个平衡的人，都不会有和谐的家庭，都不是值得敬佩的人。作为女领导，如果把自己打造成中性甚至男性的风格，事业干得再大，这辈子，也比较冤啊！

现在三八节时，好多公安机关会专门为女警开办礼仪讲座，教人待人接物、服饰搭配和菜谱家务等，这种做法广受欢迎的程度就足以说明，女警，应该是警营一道靓丽的风景线。试想，缺了这道风景，警营生活该多么乏味和单调。

女领导第四个“不”，是要允许自己不计较。职场上，说起女领导，常常听到这样的话：絮叨、心眼小、难相处等。细想想，也许相对来说，女人，确实有爱计较的弱点。

女人心思缜密，说话办事容易关注细枝末节。如何扬长避短、当个让自己和别人都舒心的女领导，既营造得了良好的工作环境，又能让下属有劲头干好工作，还真是门学问。

所以，合格的女领导，要有健康的心理，要有超乎常人的胸襟容事、容言、容人。要给下属宽松的环境，靠自身能力感召人，靠严密的纪律约束人。这样的女领导才能有人支持。要学会容人之长、容人之谏、容人之过、容人之短。如果太苛求于人，斤斤计较，和上级争功，和下属争宠，和家人斗气，那岂不是自己也郁闷，别人也憋屈。

做到了四个“不”，一个有魅力、有能力的女领导的形象就算树起来了。如果再赶上好的机遇，天时地利人和相辅佐，工作上井井有条、生活上品味向上、家庭里贤良淑德，既能把女性的柔美心智用到极致，又能不输男性领导的魄力和果断，这样的女领导，何愁不是人见人爱，花见花开呢！

女警也风流

星星不会因月亮的光华而失去它闪烁的理由，正是有了无数不被人注目的星星，才使星空璀璨明亮、灿烂多姿；小溪不会因汪洋大海的汹涌而停止奔流，正是有了千万条涓涓的溪流，长江大河才得以奔腾咆哮，波澜壮阔。在我们这支警察队伍里，有了女警，才使这支队伍生机勃勃，完整有力；有了女警，才使我们的事业更加兴旺发达，极尽风流！

提起女警，常常先会使人联想到影视片中女警形象那成熟潇洒的拳脚、百发百中的射击、那聪明智慧的头脑、那精干飘逸的身影。影视片中的她们和男警一样，面对黑暗与邪恶，毫不犹豫地与犯罪进行殊死搏斗。

其实，女警的风流并非都来自刀光剑影中。在这支男人占绝大多数的队伍里，她们的工作大多是平凡琐碎、紧张忙碌的，工作要求她们细致入微，一丝不苟。她们就像那欢快的小溪，不知疲倦地匆匆奔流。无论走过多少岁月，从警历程永远是女警生命航程中不灭的自豪与风流。

同男警相比，她们却要多付出五分的汗水，八分的勇气，十分的毅力，十二分的艰辛。她们用自己柔嫩的双肩担起事业、家庭特有的沉重……

在多少清廉如水的岗位上，她们巾帼不让须眉，君不见，警营内外到处活跃着她们矫健的身影：她们在烈日下搜索巡逻，在雪夜里蹲点守候，在异乡解救妇女儿童，在辖区排查流动人口；110接警室里回荡着她们解万家之难的温暖话语，派出所户籍室中绽放着她们为民服务的亲切笑容，审讯室里呈现着她们义正词严的浩然正气，电脑屏前闪动着她们网上作战的辛勤汗水。她们中的许多人已成为独当一面的行家里手，女局长、女科长、女队长更是不乏其人。她们中许多人被授予“十佳民警”“优秀人民警察”等荣誉称号，可以说，女警在公安队伍里不是点缀和装饰，不是花瓶和盆景，而是不可或缺的重要组成，她们的身影定格成警营里一道靓丽的风景线，她们是开放在警营的霸王花。

在风雨兼程、披星戴月的日子里，她们饱尝了从警的苦累和艰险，咀嚼了人生的苦辣酸甜。当她们听到校园里孩子们朗朗的书声，当她们看到马路边老人们安逸的身影，她们就会绽放开美丽的笑颜，她们就深信自己的职业在阳光下最风流。

她们像所有女人一样，渴望享受天伦之乐，渴望在父母面前撒娇，渴望在爱人怀里温暖，渴望节日能和家人一起吃上团圆饭，渴望在孩子的作业本上签上大名。渴望花前月下的卿卿我我，渴望笙歌轻舞中休憩放松。她们普通，普通得和其他芸芸女性没什么区别；她们平凡，平凡得如同万花丛中的小草。在家里，她们为人妻，为人母，为人女，油盐酱醋、锅碗瓢盆，件件不得马虎；丈夫的事业成败，孩子的学习好坏，父母的衣食冷暖，事事都挂在心上。肩头的责任和压力、职业的特殊性使她们在无数个本该那样的日子里，无怨无悔地坚守在自己的岗位上，留下对家人深深的歉意。

她们爱美，却无暇顾及新潮、时髦、高档、考究，她们不能涂脂抹粉，描眉画唇。闪光的警徽衬托着她们端庄大方的容颜，威严的警服塑造出她们潇洒利落的倩影。她们更懂得内在的美，她们把真正的美融于扎实严谨的态度里，融于朴实无华的语言里，融于行色匆匆的脚步中，融于苦尽甘来的笑谈里。

女警，恰如窗外的那丛绿竹，刚能斩金削玉，柔能拂钟无声，洒脱里蕴藏着刚毅，朴实中透露着灵性，剑胆琴心，笑迎冬去春来。

女警，用慧心梳理琐碎的生活，风雨兼程，极尽风流。

气质警花是如何练成的

前几天试相机，同事给我抓拍了几张照片。因为穿的作训服，加上眼神专注，我很喜欢这组照片。晚上我把照片传到博客上，没想到在博友中引起了关注。

博友纷纷评论："这就叫用眼神杀死犯罪。""真的很有女警范儿啊，好犀利！"……

随后的几天，想起这事就哑然失笑。看来，女警当久了，气质上还真的带有职业特征了。那么，到底什么样的气质才是女警特有的气质呢？

提起女警，常常先会使人联想到影视片中女警形象那成熟潇洒的拳脚、百发百中的射击、那聪明智慧的头脑、那精干飘逸的身影……

其实，女警的气质并非都来自刀光剑影和目光如炬。在这支男人占绝大多数的队伍里，她们的工作大多是平凡琐碎、紧张忙碌的，想脱颖而出并不是一件容易的事。但是，我们依然有璀璨夺目的女局长、女所长、女英雄……她们的工作业绩和能力丝毫不亚于男警，她们的气质足以动人心扉。她们，就是活生生的气质女警。

细论起来，女人的气质有好多种。活泼开朗的，端庄稳重的，羞涩内向的，细致严谨的，知性文雅的，甚至还有冷艳高贵的……女警作为一种特殊职业的女人，气质无非涵盖这几种，但却需要着力培养更适合在职业上游刃有余的特质。

做气质女警，不端庄稳重不行。女警不得染彩发、化浓妆、染指甲，更别提衣着暴露，举止轻佻了，这不仅是气质警花所必须做到的，更是《内务条令》严格规定的。

做气质女警，不活泼开朗也不行。女警大多处于窗口单位、社区民警等岗位，有的需要整天和群众打交道，要笑脸迎办事群众，要能说会道调解矛盾，要有胸襟承受委屈和压力，要诚恳热诚对待工作难题，这就需要女警必须战胜内向羞涩，培养开阔的心胸，笑面人生和职业的困难，为公安机关的窗口树立亲切温暖的形象，赢得百姓赞誉，赢得社会认可。

做气质女警，不细致严谨不行。每期工作简报，每张战果报表，每个指纹痕迹，没有细致入微、淡定从容的性格，是肯定会出工作纰漏的。

做气质女警，不知性文雅也肯定不行。办公室、宣传等岗位，有大批女警施展的平台。文字功底、文艺才能等技能，都是知性文雅不可或缺的组成部分。

气质女警还在于自信，还在于奉献，还在于无私……

所以，学习公安业务知识，提升工作能力和权威性，养成办案办事讲究质量的职业素养；学习心理学，养成健康的心态，应对复杂环境下的压力，快乐工作、幸福生活；学习逻辑学，养成说话办事淡定从容的仪态，无论多么繁忙，多么疲惫，也不使自己产生职业的倦怠和厌烦；学习文学，养成知性儒雅的文艺范儿，用文化打造气质，用文化武装头脑，用文化激励，带动队伍。

警花气质也是一种人格力量。对好人有吸引力，对坏人有威慑力，对小人有贬斥力，对群众有亲和力，对工作氛围有调和力。

气质警花，美在对工作的坚守，对事业的奉献，对生活的热爱。这是一种平凡的美，一种淡泊的美，一种宁静的美，一种高尚的美，这种美给我们的启示是：把每一件简单的事做好就是不简单，把每一件平凡的事做好就是不平凡。也正是有了这种种的美，才有了女警这一道靓丽的风景线……

半块玉观音

小廖是一个派出所的社区民警，蔷薇是他的爱人。

小廖和蔷薇结婚三周年了，三年的日子不长也不短。蔷薇细细回忆往事的时候，就觉得，仿佛她昨天才刚刚做了小廖的新娘。那时，她把细细的柔情藏在红红的面纱盖头后头，偷偷打量她的新郎——那个阳光下憨厚地笑着向她走来的新郎。

蔷薇独自在房间里过来过去地忙乎，间或摸摸高高隆起的肚子，微笑地和肚子里的孩子说说话："爸爸马上就下班了，今天，咱们可要好好庆祝一下！"是啊，平时，他总是忙啊忙的，今天，是结婚三周年的纪念日，他总该早点回来吧？蔷薇这样想着，择菜、洗菜、焖米饭、炒菜，手里忙个不停。

菜摆上了桌，红的绿的，十分鲜艳。今天，蔷薇特意用上了刚买的新菜碟，白白的陶瓷在橘色的灯光下显得很小资。想到小资，蔷薇又破例开了一瓶葡萄酒，看着红红的酒在高脚杯里寂寞着。

快午夜时分了，桌上的菜也已经热了一遍了。蔷薇不禁有些焦躁，警嫂的滋味，中间夹杂的最多的该是等待、担心的滋味。蔷薇趴在餐桌上，睡着了。

咚、咚、咚，楼梯上传来了熟悉的脚步声，蔷薇抬起头，惺松着眼睛没有动，她有些抱怨。也难怪她抱怨，今天是多么特殊的日子啊，他还回来这么晚！

小廖打开了门。一进门，他就喊起来："小薇？小薇？"蔷薇没有回答，家里只有餐厅还亮着灯。

果然，小廖朝着灯光走过来，看见满桌子的饭菜，他有些抱歉地笑了。他满脸疲惫，显然是办案了，衣服上有几块明显的灰迹，显然，他刚才还和人搏斗过。

蔷薇眼眶红了，又去热了饭菜。碰了杯，小廖狼吞虎咽吃着，蔷薇心中的抱怨也随着饭菜的下落而退潮。毕竟，家还是警察最温暖的地方啊，瞧他吃得多香！

小廖手脚麻利地洗了碗筷，又给蔷薇端水洗了脚。躺在温暖干燥的床上，小廖才看着蔷薇说："小薇，今天很对不起，我本来给你买了礼物的，可是……"

蔷薇是个爱玉的女人，她柔和的性格也像极了温润的玉。小廖很早就答应一定要给蔷薇买块玉，这个礼物是玉吗？

小廖抱歉地伸出手。他的手上，半块玉观音在台灯下闪着荧光，半块玉观音上面仍系着红色的挂绳。捧着半块玉观音，那浅的绿，那红的绳，交织的光泽晃了蔷薇的眼，她的眼又被刺出了泪水，一滴一滴，掉在那玉观音上。蔷薇把头靠在小廖的臂膀上，低声说："只要你没事就好，只要你没事就好！我喜欢这个礼物，我会珍藏它的。"

这是一个真实的故事，文中的小廖叫廖庆科，是三门峡市公安局湖滨公安分局湖滨派出所的民警。在他结婚三周年纪念日那天晚上，他负责办理一起盗窃案件。抓人的时候，嫌疑人对他当胸打了一拳，这一拳，把他藏在衬衣口袋里、要送给蔷薇的玉观音打碎了。

这一天后的不久，蔷薇在小廖执行紧急任务时，一个人在医院里给自己签了字，剖腹产生了个大胖小子。后来，蔷薇再没有过别的玉，但她却一直宝贝着那半块玉观音，也更如玉一般，温馨地生活着，爱着她的警察丈夫、她心中的英雄。再后来，年轻的小廖被破格提拔当了副所长，他们一家三口，一直幸福地生活着……

那颗子弹在耳边呼啸而过

1997年，我刚刚入警。头一年，我们几个新入警的，被分在县公安局刑警大队实习。

那时候的入警培训还不太正规，经过短暂半个月的法律和警务技能培训，我们就上岗了。我被分在大队办公室当内勤，同批的男同学小蔡被分在重案组。

开会时，大队长经常说，刑警是公安上最重要的岗位，也是公安上最累的岗位，更是公安上最危险的岗位。刚入警的新人，总对这些没啥感觉，觉得刑警也没什么，就是有案子忙一阵，生活不规律一阵子罢了。

小蔡对抓人很期盼，每有任务，他都积极请命，要求参加抓捕。

可是，那一天，他们从前线回来后，都铁青着脸。小蔡更是把自己关在屋里，任谁叫都只是答应，就是不出来。

后来我们才知道，原来那天，他差点误伤了大队长！

那天下午，他们去抓捕一个逃犯，本来已经得手，可那逃犯的弟弟从背后追上，用钢筋棍追打民警。那逃犯趁乱撒腿就跑。民警们拔腿就追。当时大队长跑在最前面，跟在他后面的，就是年轻力壮的小蔡。眼看快追上了，小蔡在后面拔枪就打，开头一枪朝着天，紧接着一枪，子弹就擦着大队长耳朵边，嗖地一声呼啸着飞过去。

大队长边跑边回头大骂。那逃犯听见枪响也吓得腿一软，往前一扑，就趴地下动不了了。等给他上上铐子，大家再看小蔡，他脸还通红通红的，内疚地想掉泪。

小蔡没经验，头一次抓人心理压力太大，又立功心切，大队长后来也没责备过他。但是，这件事，小蔡说他一直没忘，直到他多年后成了老蔡，成了一名非常优秀的大队教导员，他说，他有时梦里，还会听见那声枪响。

所以，每遇新警，他总是先给他们讲如何正确用枪，来作为第一课。

哦，儒警

曾几何时，品味着影视作品中出生入死、搏杀格斗的刑警特警，我以为警察都是这样五大三粗、强健壮实；曾几何时，凝视着街头巷尾旁电光闪烁、呼啸而过的警灯警车，我以为警察都是这样风风火火、雷厉风行；曾几何时，体会着耳濡目染里粗声大嗓、威风凛凛的片警交警，我以为警察都是这样气势磅礴、铿锵威猛。

如今，10 年的岁月在警营悄悄过去，举目中总会发现，儒警，也另有一番风采，令人钦佩、令人仰慕。

太阳不说话，却光彩照人；月亮不说话，却温柔典雅；高山不说话，却巍峨俊秀；湖泊不说话，却豪迈博大；儒警的风采，话语不多，却饱含着激情与豪迈；文质彬彬，却孕育着内涵与素养；轻声低语，却坦露着夺人的气势和淡定。

儒警，必是爱书的，他们没有因为生活在警营就放弃对知识的饥渴，文学艺术，也是他们孜孜不倦的追求；儒警，必是爱乐的，他们没有因为业余时间太少就在生活里少了歌声，高山流水，也是他们梦寐以求的梦想；儒警，必是爱人的，他们没有因为身着制服就高人一等，亲民爱民，更是他们血浓于水的感情。

儒警，习惯思考、习惯钻研、习惯创新、习惯严谨、习惯利导、习惯润物细无声。

儒警的青春在警营里悄然逝去，从他们那坚实有力的脚步中，能够感受到他们内心深处青春澎湃的韵律；从他们那深邃闪亮的目光里，能够流露出他们无怨无悔的无私奉献。

莫说警察生活无浪漫，儒警的风采，已告诉太多的人，从警的生涯永远是一首美妙的歌曲、一幅精良的书画、一段美丽的故事。若比儒警是曲，他们可比不鼓不噪的古典名曲，轻轻打动着人的灵魂深处；若比儒警是歌，他们可比不抑不扬的中低音吟唱，静静丰满着人的美好向往；若比儒警是字，他们可比不张不狂的行书正楷，默默端正着人的品行；若比儒警是画，他们可比大气典雅的国画山水，悄悄装点着生活的风景……

儒警，为了肩上那份神圣的责任，低调沉稳、内敛务实，造就了警察群中特有的靓丽风景、独具一格的夺目风采。

我把青春献给了你

——女警伞翠翠的一段职场人生

伞翠翠警校毕业了，顺理成章地回到了家乡的公安局工作。报到的一批人中就她一个女孩子，那时她梳着一把马尾巴辫儿，高高扎起来，在脑后一甩一甩的，穿着件雪白的裙子，很纯情，很像个高中生。

分配时，恰逢机要通讯股一位老同志光荣退休，伞翠翠便补缺来到机要通讯股做了一名机要民警。伞翠翠在那批一起分来的人中第一个入了党，因为她的岗位不允许非党员。

领导说："先干着，回头有机会再调整。"

伞翠翠这一干，就是6年。

这样一来，伞翠翠便开始时常有一些来自工作的烦恼在心头搀动，难道就这样一年一年把自己的青春奉献在毫无成就感的接收传真件上吗？

伞翠翠找过很多次领导，她认为传真室的工作实在是太清闲，长久干下去会逐渐缺乏工作热情。她说："哪怕叫我去派出所当个户籍内勤呐，那我也接触点人啊事啊，不至于这样乏味吧？可是领导每次找来人事主任商议，都得出一个结论，一线民警太缺了，谁抽回来好像都不行。"于是领导就找伞翠翠谈话，要她再坚持一阵，有合适人选一定把她调整到一线。

伞翠翠的青春就这样一天一天的过去了。她依然每天坐在冬暖夏凉的传真室里收发传真。间或有同事进来发传真，还要轻视地说她几句："你可真舒服啊，风吹不着，雨淋不着的，太阳还晒不着。"

伞翠翠更苦恼了。

这时的伞翠翠已经结婚生子，并开始明显发胖，脸上还有了些淡淡的蝴蝶斑，眼角也出现了些细微的皱纹，衣服也穿得不怎么讲究了，经常可以看到她胸前有着斑斑点点的痕迹。那个青春的小姑娘如今已经蜕变成了成熟的少妇。她开始经常琐碎重复地讲她的孩子，她的老公，她的婆婆，她的首饰……我们都开始诧异，以前那个青春脱俗的小姑娘，是什么时候一去不复返了的呢？

这期间我们的局长换了三任。

有一天，伞翠翠紧皱着她那弯弯的眉毛，无限郁闷对我说："想当年上警校的时候，谁不是热血青年？如今一晃快30了，一事无成啊！"伞翠翠说这话时，眼眶里眼泪直打转。

想想也是，伞翠翠的事业好像从来也没有过鲜花和掌声，从来没有过功德和奖励。平心而论，大凡从事警察这个职业的人，谁胸中没有热血？谁眼中没有崇高？谁梦中没有荣誉？谁心中又没有追求呢？假如她是一个没有事业心的女人那就简单了，可偏偏她还生就了一颗好强的心。她所做的一切工作，符合她选择这个职业的初衷吗？符合入警时向这个职业宣誓时的庄严吗？往大了说党和人民知道她在默默地做着奉献吗？

有谁能知道，那些时候，在那些落雨或者飘雪的夜晚，伞翠翠面对毫无声息的办公室，曾经多少次流下伤感和痛苦的泪水？曾经有多少无法排遣的孤独和苦恼纠缠着她的心灵？伞翠翠有机会为自己的工作正名吗？有机会还击别人的轻视吗？

她不止一次地想到过辞职，可是身上这身警服，叫她如何能割舍得下啊！

和她一同毕业的那些人，有的已经成长为中层领导了，有的立过二等功了。看着人家意气风发地上任、披红戴花的受奖，伞翠翠心里的酸楚，谁能体会呢？

伞翠翠对我说："你看我现在干的，几乎猴儿都能干，我不能再这样下去了。”

我说：“翠翠，别轻视自己的工作，这样你会很不开心，不如在工作中找到自己的乐趣或者发展点自己的爱好。”

她说：“我能干点什么呢？不如也和你一样写稿吧？”

我说：“那当然好，你可以干很多事情啊。传真室的工作是很单调、是很简单、是很重复，可总得有人干。我要是你，我还巴不得有这么多的时间能自己好好利用呢！你现在孩子也大了，正是工作上做事情出成绩的好机会啊！”

伞翠翠后来做的使我不得不对她刮目相看。真是个一点就透，而且透的比点的还多的聪明女人啊！

伞翠翠在传真室的条件利用起来还真是得天独厚，每天都会有基层单位发往上级公安机关汇报工作成绩的传真，有些成功案例往往是在第一时间报上去。伞翠翠留了个心眼，每次这样的同志来找她发传真，她都很积极热情地端茶倒水，顺便问候一下基层同志的酸甜苦辣，慢慢地，基层来的同志都愿意留在传真室待一会儿，和她聊几句。有时在闲聊中，一些案件的背景材料就掌握在她心里了。

关系熟了以后，伞翠翠就说：“我把你的材料复印一份给你写个稿子宣传宣传吧？”

基层的同志风里来雨里去，一听要给自己做宣传哪个不乐意？不一会儿，连材料带案卷笔录伞翠翠都能浏览一遍，该抄的抄，该问的问。

伞翠翠没事的时候就给基层的那些同事打电话：“最近忙什么了？怎么老不见你啊，挺惦记的。有好素材没？”

基层的同志就激动，有人惦记总是令人感动的好事啊！以后他们手头有了好的案例，有时就舍弃宣传科的人主动来找伞翠翠。

等着别人送素材，比自己挖空心思找素材就简单多了。

伞翠翠刚开始并不入道，通讯小稿她也经常闹笑话，加上和报社的编辑也不熟悉，投稿之初没少挨编辑批评。那阵子的她，更像个横冲直撞的匹夫，漫天撒网，到处投稿，毫无目标和希望。

伞翠翠就找宣传科的同志，虚心问他们要稿子学习。投稿时把他们的名字加在自己稿子上面。宣传科的同志也不好意思，伞翠翠要他们帮忙看稿时，他们就都很积极主动地帮着在稿子上圈圈点点，谁不乐意给特别客气虚心的同事当老师啊！好为人师似乎是人的通病哦！

这样和别人联名之下，小稿子慢慢也发过几篇了。

伞翠翠每次发表稿子后，即使发表的文章是几十字的小通讯、小消息，她都会给组版的编辑打个电话表示一些感谢。下次再投稿时，有的编辑就记住了她。

再以后她开始单独给编辑投稿。熟悉的编辑用过她的稿子，一个女警写手一般也很受关注，所以由熟悉的编辑帮忙介绍不熟悉的编辑，伞翠翠开始涉足散文、诗歌、言论……

不到半年工夫，伞翠翠也在当地的党报上发了十几篇小稿子了。

伞翠翠对着我感慨："果真是天道酬勤啊！"

伞翠翠喜欢跑到编辑部送稿子，一则通讯类的需要单位证明，二则她喜欢去看看编辑，说上几句问候的话。去报社和当地一些刊物送稿子时，伞翠翠也很像个白领似的，穿着熨得平平整整的警服，英姿飒爽地冲锋。人家那些编辑一看这么威风的女警察来给自己恭恭敬敬地喊老师送稿子，那印象别提多好了，见到她也都很热情。拿了她的稿子也都很尽心。需要改的地方都很详细给她讲。伞翠翠悟性好，人又好强，稿子进步快那是谁也挡不住的。

伞翠翠又对着我感慨："良性循环啊！"

业务上的稿子写多了，伞翠翠发现了自己致命的弱点：没办过案，法律程序和法律知识面很欠缺，这是个漏洞。

要发展，琢磨是硬道理啊！

她后来用三年的时间通过了自学考试的法律本科全部课程，现在她又在准备法律硕士的考试。甚至还搬着几本老厚老厚的国家司法考试参考书啃来啃去。那些超越公安业务的民事、经济法术语常常弄得我一看见那些字眼就头疼。她倒很有毅力，看不明白就反复看，有时还跑司法局找律师同学请教。

她的文章，开始在报刊上频频出现。

后来她的稿子属于典型的大小通吃，有纪实特稿，有散文随笔……

伞翠翠的脸上，越来越有光彩。那天，我看着她的脸说：“你可是越来越显年轻了啊！”

伞翠翠笑着说：“年轻什么啊，自从开始写稿子，你看，我的头发都快白完了。”说着她撩起一撮头发，我果然看见她浓密的黑发下面露出一根根雪白的白头发。

伞翠翠说：“写稿子多费脑力呀！有时真坚持不下去了，老想偷懒。可一看到稿子被发表，那份成就感跟吸了大麻似的——上瘾！”

我就笑：“你吸过呀？”

她也笑：“那不是听说过吸了难戒才这样比喻嘛！”

那天，伞翠翠一大早去给局长送密电。局长先没看文件，而是无比慈祥地瞅着她说：“伞翠翠，你考虑一下，愿意不愿意去宣传科当个副科长？”

伞翠翠飞一样跑回楼上。在第一时间跑到我办公室，神神秘秘地凑在我耳边说：“我要升官啦！”

我听了很吃惊，问她：“有准没准啊，想官想疯了吧？”

她羞涩地说：“局长找我谈话了，去宣传科当副科长。”

我听了一巴掌打在她肩膀上：“哈哈，你这个官迷！”

她忽而又发愁似的说：“女人当了官是不是就没女人味儿了？”

我哈哈大笑：“就你这么个芝麻官，领导给你点职务还不是想让你多写几篇稿子多宣传咱们做的工作。你打算拿鸡毛当令箭耍呀？”

伞翠翠脸红了。

那一刻，她就像个羞涩可爱的小姑娘……

最爱，是你的眼神

——写给天下的刑警

你的眼神是深邃的：你用如山的厚度挑起你肩上的万斤重担，用如电的穿透力洞察深处隐藏的灵魂。你属于形形色色没完没了的现场，你属于厚厚薄薄没头没尾的案卷；你属于呼啸而来又呼啸而去的警笛，你属于日出日落没白没黑的加班值勤。你选择的是挑战与生俱来的耐心和责任，锻造出一种比山还重的平安和稳定，献给百姓。

你的眼神是自信的：你用举重若轻的力量激扬青春，对上不媚对下不骄，矫情和自负从不是你的性格，你用大气谦恭的态度来去自如、谈笑风生。

你的眼神是智慧的：你用正义战胜恣意的邪恶，担负起无数善良百姓的期望。你用飞速旋转的思维，在千钧一发时当机立断果断出击。你用锐利的目光搜索一切有用的信息线索，然后用它们编织成你闪光的人生阅历。

你的眼神是犀利的：警觉如鹰如雷达如卫星，捕捉的却是那一串串流窜了很久的足音，你隔断向善良和无辜逼近的罪恶，挟带着一柄削铁如泥的利剑，除恶扬善、除暴安良。

你的眼神是冷峻的：你一颗火热的心深藏于冷峻的外表之下，一次次的雪雨风霜、一次次的生死较量，匆匆的脚步从未停息也从未彷徨。

你的眼神是坚毅的：你选择了危难和艰辛，选择了责任与忠诚。

内心承受着巨大的压力却总是无言地付出，微笑着面对。不是因为天生一颗坚强的心才来当警察，而是因为当了警察，心便百炼成钢。

你的眼神是青春的：你用不变的追求、无悔的岁月铸造一面不褪色的旗帜，打造一座无字却常青的丰碑。

你的眼神是无情的：你期望一场酣畅的讯问，讯问中那子弹般射出的语言，能揭开一道道丑恶的黑幕。期望一腔谆谆的告诫，告诫里那烈火般燃烧的真情，能烤热一颗颗冷酷的灵魂。心硬，看到很多带血甚至腐烂的尸体，却不会软弱无力贻误战机。面临危险时首先想的是神圣的职责和使命，把后天的意志凌驾于先天的本能之上，你的心已被再造和重生。

你的眼神是多情的：只有在最爱的人面前，你的眼睛才充满爱意和深情，才会那么天真、那么执着、那么惹人疼爱，可以融化坚冰，也可以点燃火焰。也只有当着你最亲最爱的人，你的心才会痛才会委屈才会孤独才会无助。你心里不仅装着亲人的冷暖，还装着素不相识的人们的安危，你也渴望花前月下、欢声笑语，却让淡淡的期望在瑟瑟的北风里。悠悠情怀似天地，谁说男儿总无情。

你的眼神是雅致的：心细，不能如一般人那样马虎大意、丢三落四，人们都认为无伤大雅的小毛病，你却要求自己必须心如毫发、缜密无间。多年的积累，岁月的沧桑与沉淀，孕育了你深深的文化底蕴和人格魅力，动若脱兔，静如处子。

你的眼神内涵很广——如海，如炬，如星空，如宇宙……

你是一位刑警。

最爱，是你的眼神。

织官方“围脖”，要有品牌战略

公安“围脖”有两种，一种是公安官方“围脖”，一种是民警私人“围脖”，笔者对官方“围脖”谈几点浅显的看法。

公安官方“围脖”承载着公安机关官方信息的权威、客观、真实、公正、专业、快捷等多项发布功能，所以，如何织出公安“围脖”的品牌效应，使其最大程度地满足百姓市场的需要，最大限度地占领舆论高地，就显得尤为重要。

公安官方“围脖”要有组织、有秩序地发展。网络如今已成为现代人生活的重要组成部门。如果全国各地开通的公安官方“围脖”各自为战，则难免单打独斗。有组织、有秩序发展公安官方“围脖”符合公安机关是纪律部队的特征。可以设想开通官方“围脖”的公安机关以行政区划、公安业务上下级等关系为主线，层层管理，构筑起全国公安微博的大厦，做到有组织管理、有秩序发展、有信息同享、有分工协作、有责任追究、有奖惩制度多策并举，齐头并进，以集团化发展实现品牌效应的共赢。

公安官方“围脖”要有内涵、有实质内容。公安官方“围脖”只是公安舆情发布、亲民近民的辅助手段之一。发展过程中，不能流于形式上的建立，还要注重有内容、有实效，做好与网民的互动沟通，使得公安官方“围脖”针密线壮、功能强大，切实成为公安机关舆情发布的平台、温暖民心的纽带、举报投诉的渠道、侦查破案的捷径……

公安官方“围脖”要紧跟时代脚步和舆论热点，打造时尚感。公安官方“围脖”的编织切忌高高在上、大话套话、官腔十足等弊病。要紧跟社会关注的涉警热点问题，既严肃认真，又不乏轻松幽默；既权威专业，又使网民喜闻乐见；既精准无误，又通俗易懂。

如此编织出的公安官方“围脖”，一定能够脱颖而出，笑傲网络。

会卖萌的警察微博

作为警察，因为工作的原因，微博中加关注最多的，恐怕还是警察。

开博两年多，熟悉的警察“微友”越来越多。对他们越了解，就越能体会到，警察微博虽然有其工作的特殊性、正规性和面对社会阴暗面的使命感，但他们同样也会带来很多的微笑欢乐。会卖萌的警察名博总是以幽默、热情、亲切、平等面孔出现，倍受网友拥戴。

“@枯黄的警草”是位80后刑警中队长，他微博最爱吐槽的事，莫过于一出差就下雨。后来，他给自己总结：“莫非，下雨天坏人们都不出门，这是老天助我好抓捕也！”对付困难时时卖萌一笑的心理素质，可见是警察快乐工作、幸福生活的必备宝典。

“@小鱼花生84”是个年轻的看守所警爸。他的微博有八成是和“娃他妈”一来一往发关于养育婴儿的萌博。这边妈妈贴了个照片，照片上，一只手撩起女儿的裙子，配文：“人生第一次小裙子秀，要穿上小内内。”他赶紧转发“辟谣”：“那不是我的手。”哈！这夫妻俩就是这样每天乐呵着这种小幸福。每当他喂了饭、给孩子洗了衣服，“娃他妈”就会发上：粑粑又干了某某家务，强烈要求发博求表扬云云……不由不让人看了后会心一笑：上海警察除了“贤内助”以外，还很注重对外树立警察良好形象嘛！

再看看警察官博中的这些欢乐的卖萌段子：一歹徒抢银行，抢了一堆点钞纸，然后装观众坐上警车，结果被逮个正着——这是演喜剧呢？同样，一嫌疑人也是抢银行，抢完骑自行车狂奔，跑出几十米晕倒，一头栽下被逮——就这身子骨，就别从事风险大、强度高的“工种”了！一蒙面人抢店，店主夫妇边嗑瓜子边和他唠嗑，然后他掏出菜刀……搏斗中，劫匪后来把自己砍伤了——说你什么好呢！

其实警察微博里，全国闻名的卖萌高手有好多个。江湖人称“江宁婆婆”的顶尖级卖萌界高手“@江宁公安在线”可是名列全国公安政务微博排行榜前列的呀！还有，成都“谭谈交通”的主持人“@谭乔”，纠章过程中总能遇到些“奇葩”违章人，他的电视节目和微博视频能把人乐得前仰后合，他也因此拥有一大群的“荞面”粉丝；“@捕快二宝”则是位段子高手，看似每天正常的出警、办案，不知怎么的被他一写就快乐无比，不得不令人赞叹：此人天生有说单口相声的天赋啊！

每天工作之余看看这些会卖萌的警察名博，别提有多欢乐！

可不是嘛！卖得了萌、耍得了宝，关键时刻又一秒钟变身正义化身的“叔叔”才是好警察啊！微博的卖萌水平对构建和谐警民关系、搭建为民平台、提高微博影响力等方面，都是难能可贵的优势。

虽然我“@女警心灵”，不大会卖萌，但是，如果我们互相“粉”了之后，你能让我在案牍劳形之余看博欢乐多，善莫大焉！

警营里的“微博控”

我们警官培训中心很潮，今年，就开设了一门课程，叫“微博在公安工作中的应用”。作为三门峡市公安局政务微博“@平安三门峡”的主管部门的副职，我应邀常去给参训的民警讲这门课。

这门课因为比较轻松活泼，深得民警喜爱。课堂上，经常掀起此起彼伏的欢笑声。每次课后，我的“粉丝团”都会增加一些同事，他们也非常乐于和我互动交流发博的乐趣和感受。因为微博上总是“奇葩”不断，所以我每上一次课，总要重新备课，以便及时跟上微博“井喷”的形势。备课时也顺便翻翻本地民警们的微博，看看微博控们的“有趣”生活。

这些微博控们，其实都是热爱生活、喜欢接受新生事物的时尚民警。时尚其实也无关年龄。微博上，我最大的同事已经五十多岁了，是全省优秀社区民警“慕守文”，他的微博几乎全是治安警示、防范小贴士等，且用语幽默呵护，深得他所在辖区——职业技术学院师生的好评；而微博上最活跃的，都是些年轻的80后民警。研究博客时间长了，我发现，在微博的世界里，民警们在政务发布之余，也是非常享受这种网络“娱乐”的。除了公开警务信息、寻人助人、公安宣传以及追逃悬赏等工作“业内”，民警们的微博也是百花齐放，幸福、快乐层出不穷。

“枯黄的警草”是个80后刑警中队长。由于长期出差、疏于照料，有一天，他养在办公室鱼缸里的三只小乌龟死了一只。他的部下给在外地出差的他发了微博："今天早上，一只小王八挂了。"他回复："择风水宝地、选良辰吉时，厚葬之。"部下回复："哪儿找风水宝地？"他回："楼下花园。"部下："何以见之？"他答："后有高楼做靠山，前有浇花的水管子，可不风水宝地！"部下欣然同意："果然！"他却还意犹未尽："我再郑重地科普你下，那不叫小王八，叫我队警龟！"屏前，笑翻了一干同行。

"子夜默然"是警令部主任，他的微博可谓容书法、诗歌、小散文为一体，读之让人赏心悦目。"民警老季"是山区派出所长，除发布景区治安状况、景区道路游人现状、平时下村走访的感受之外，他最喜欢发的就是《水浒传》读后感，迄今为止，已经点评了很多细节和人物，真是争做学习型民警的典范。"卢氏公安周伟民"是县局的副局长，他最爱发针对执法、信访的感受，有时也号召大家帮他出谋划策，以便于尽早化解一些基层矛盾。"守望金色土地"是警令部副主任，案牍埋头公文之余，他最喜欢发布一些诗情画意的散文段子，读来令人豁然开朗。"屈灵和"是我们平安三门峡的管理员，微博对他来说，就是本职工作了。自打管理政务微博后，他已然成了"微博控"。今年，他个人的微博还被评为 2013 年上半年河南十大公务人员微博之一。

刚刚，我看到了中年刑警"任我行 147"的微博："儿子 13 岁了，现在不爱让拍照了。偷偷翻翻他儿时的相册，发上来过过眼瘾。"网友调侃："瞧这小眼神，八成是在瞄妹子。"

民警们的微博生活，是不是也很精彩？

微博出现三年来，改变了我们的生活。由于它方便快捷、即时分享、不用出门花钱就其乐融融的特点，很多民警已然把发微博当成了快乐工作、幸福生活的一种手段。同时，我们民警也通过微博改善着警民平等、友爱、互动的良好关系。

微博并不微薄。因为有你，因为有我。微博，是一种生动的警营生活。

说了半天，也给我打个广告吧，我的微博叫"女警心灵"，一般人我不告诉他！

那些警察微博的“大V”们

微博江湖上，警察很多，警方政务微博也很多。警察微博发展迅猛，极有警察微博代表性的“大V”们自然也多起来。这些“大V”们，身着警服、头顶警徽、心怀忠诚，在警务公开、法律解疑、便民利民和树立警察良好形象及搭建和谐警民关系等方面，以自身的辛勤耕作收获着微博影响力的硕果，又以自身的影响力回馈着百姓对公安工作和警察形象提升的期待。

我关注过好几个警察“大V”，有私博，也有政务微博。

公安部打拐办主任、法学博士“@陈士渠”是我比较早关注的一个人。博如其名，近500万粉丝的陈士渠主任的微博全部与本职工作息息相关，在全国“党政官员”实名认证微博中，位列首位。他发布的几乎都是走失寻人的微博和相关政策的咨询。微博上，全国各地有老人、妇女和孩子走失的，发了微博后，本人或者看到的政务微博管理员、私博主人，也会在第一时间艾特他。

他的粉丝中，有很多是致力于公益寻人事业的类似于“宝贝回家”网站、“警民寻人回家”@寻人总动员@“微博打拐”等这样的热心组织（人）。还记得全国轰动的“街拍流浪儿，助宝贝回家”微博总动员吗？那个善事就有他很大的功劳。他的微博就是这样，以人民警察为人民服务为主旨，以警察职业便利为翅膀、以温暖为代名词，以互助为纽带，把一颗颗火热的、急切的心围绕在他周围，以他强大的敬业精神和感召影响力，力促无数个无助离家的老人、女人和孩子回到温暖的家。善莫大焉！

“@公安部打四黑除四害”，是公安部治安管理局的政务微博，也是拥有600多万粉丝的警察微博“大V”。作为政务微博的领头人，“@公安部打四黑除四害”年年位列公安政务微博影响力前列。他的眼界宽、业务广，普法责任任重道远。公安重大行动的发布、大要案嫌疑人的通缉、国际执法安全合作的议题、维和部队的出征、违法犯罪的预警……都是他的重点微博，各省市政务微博也喜欢团结他，有大事要事一艾特他，他一转发，影响力倍增，事半而功倍，何乐而不为？

政务微博里，“@平安北京”、“@上海铁警发布”、“@广州公安”都是排名前十的“大V”，影响力不容小觑。当然，这里还要隆重推荐下俺们“@平安中原”，也是位列全国政务微博前十、位列河南第一的“大V”哦！这些微博的影响力可都是万民瞩目，杠杠的。

公安“党政官员”排行榜名列前茅的，个个都不简单。“@李进”是北京市公安局消防局的新闻发言人，微博在线，职责自然是灭火消隐患。“@警心无尘6”是安徽省厅的一位领导，他微博最出彩的当属各种法律法规的分析释义，看他微博就是看刑法、刑诉法或治安管理处罚法参考书的感觉，实乃才子领导。“@传说中的女网警”则是地地道道的网络警察咯，防范网络犯罪和电信诈骗，她当之无愧是位小行家。

最后不得不提到另一个拥有近1600万粉丝的“大V”“@陈里”了。除了正常的公安业务以外，很多人关注他，恐怕是从他在微博发起“请农民工吃顿饭”活动之后。这项活动最初由工众网的一名员工在浏览微博时萌发，而后由时任陕西省公安厅副厅长的陈里发起。陈里通过微博，私人邀请农民工朋友一起吃顿饭，受到广大网友的热议和赞誉。随后，搜狐微博也发起请农民工吃顿饭的活动，崔永元和韩红也邀请在北京“7·21”暴雨中勇救180名被困市民的150名农民工吃顿饭，整个活动连锁出现，高潮迭起。

陈里也因为个人的政务微博打造得深得民心，起到了沟通民情民意、搭建和谐警民关系的作用，被中央政法委相中，调任为中央政法委宣教室副主任。当然，这一点是我猜的。我之所以这么猜，潜意识就是，警察微博做得好的话，可是大有作为哦！